尋找一首詩

王竹語◎著

好讀出版

尋找一首詩 目次

目次

目次

宋（金）

元

明

目次

民國

自序

我的文字跳進你心裡

每天維持八小時的寫作，拒領諾貝爾文學獎的存在主義大師沙特（Jean-Paul Sartre，一九〇五～一九八〇）曾說：「眞正的文學是令人不舒服的。」

這本《尋找一首詩》正好相反，它是令人非常舒服的。

首先，它很好讀。

一百首詩，沒有時間壓力，想翻的時候才讀，翻到哪一篇就讀哪一篇；沒有進度壓力，每篇僅有一千一百字，隨時可以開始，也隨時可以結束，可以讓你快樂的享受閱讀。

其次，它很豐富。

書裡的人物，從哲學家、皇帝、聲樂家、電影明星、企業創辦人，到麵攤老闆、苦力工人、我的舊情人，各式各樣，妙趣橫生。

各篇主題，應有盡有，包羅萬象。有愛情、親子、友情、職場、哲學、文學、政治、心理學、生死觀點、人際關係、兩性互動、婚姻等等。

全書時間，橫跨西元前二千五百年到今日的二〇〇九年；涉及地點，從先秦巫舞、美國海關、維也納莊園、法國醫師診間、項羽與虞姬對飲，慷慨悲歌；西班牙少女以扇傳情，情意款款。穿越時空，漫天蓋地。

最重要的是，它很有趣。

書裡提到古籍記載的一種「會把百官中奸邪不正的人吃掉」的怪獸；解釋猶太諺語「美女只能欣賞，不可與之結婚」的道理；有「無所謂，他們會找到我」的灑脫飄逸，也有「我的另一半，我自己找」的堅毅，更有「愛情是一種注定的遺憾」的感慨；不但教你「自己促銷自己」，也提醒你「要消滅你的敵人，先要知道他的愛好」，更告訴你「世上最遠的距離是：從想法到行動」。

尋找一首詩，什麼詩呢？也許在午夜夢迴，也許在子夜輾轉，這首詩牽動你最細的心弦，像是你的情人以指尖輕輕劃過你的臉頰，若有似無的接觸，輕輕旋轉，時而前進，時而停滯；於是，你醉了，因爲我。

因爲我，你找到一首詩；因爲這首詩，你透析自己的靈魂，體悟世界的美好，領略閱讀的奇妙。全書以跳躍式的思考，時而天馬行空，無拘無束；忽爾逆向思考，反其道而行；發揮前人經典智慧固然包含在內，發前人之所未發、言他人之所不能言也比比皆是。打破一般思維模式，爲了配合這些奇思妙想，文字自然奔騰飛揚，活蹦亂跳。

就是要跳進你心裡。一位義大利哲學家曾說：「閱讀欣賞和寫作創造幾乎沒有不同。」我深信，這種狀況只有在最高明的創作者寫進讀者心坎裡才可能發生，一旦發生，讀者不但看到自己，也聽見自己；甚至還會發生錯覺：這就是我要寫的東西。

現在，我已經幫你寫好了。不客氣。

王竹語

二〇〇九年母親節前夕

己丑牛年，台北

先秦

有狐綏綏，在彼淇梁。心之憂矣，之子無裳。
有狐綏綏，在彼淇厲。心之憂矣，之子無帶。
有狐綏綏，在彼淇側。心之憂矣，之子無服。

1 這裡有玫瑰花，就在這裡跳舞吧！

結合太極、禪學、體操、合氣道，活躍於一九七〇年代的美國舞蹈家派克斯頓（Steve Paxton），以舞者間身體互動自由多變、沒有任何固定舞步，將身體創造力發揮極致的「即興舞蹈」而聞名。他曾進一步解釋：「我們躍起，向地心吸引力挑戰：擺動、旋轉，順著離心力。舞者與這些力道互迎互拒，且繞且走，我們會很快地發現：每一個動作發生時，都可能有幾個相同或相反的力道變化與之對應，即興舞蹈的機緣因而產生。」以不動而無所不動，溝通身體和心靈，舞步雖不固定，但舞者彼此保持和諧；姿勢雖然隨性，但動感自然，傳達明確訊息。

我想起《詩經．陳風．宛丘》的畫面：

子之湯兮，宛丘之上兮，洵有情兮，而無望兮。

坎其擊鼓，宛丘之下，無冬無夏，值其鷺羽。
坎其擊缶，宛丘之道，無冬無夏，值其鷺翿。

這首詩描繪了古代巫舞：這名巫女，手持鷺羽，頭戴鷺翿。鼓聲隆隆，缶音咚咚，腰搖肢動，婆娑起舞。寒冬也好，盛夏也行，她都在跳舞。從高崗到低坡，跳過大道也跳過小徑，沒有固定的舞台，舞步之所起就是舞台。簡單樂器，原始道具，可以發出聲音的都歡迎。

二千五百年前的民間舞蹈，聲音與畫面還能如此生動，原因就在於舞者舞動的不只是肢體，還有心靈——那是一種與自然對話後的心靈：歡欣的心靈、受傷的心靈，真實呈現，完整舞出，所以感動，所以永恆。

我又想到我的很多原住民朋友邀我參觀部落祭典。原住民歌聲是那樣清澈、高亢、嘹亮，讓人聯想到屬於他們的青山，聯想到屬於他們的藍天，聯想到屬於他們的大海。仔細聽原住民歌聲，歌者與聽者的靈魂深處會產生一種共鳴。每一個字聽起來好清晰，好像每個字、每個音符都化成一道最透明的小溪，直接流進我們心裡，在體內到處流動、四處洗滌。法國現象學家梅洛龐蒂（Maurice Merleau-Ponty，一九〇八～一九六一）表示：「身體是我們和世界聯結的唯一方式。」原住民以歌聲結合舞蹈，那力道與汗水的融合，我感覺汗水飛濺有極明顯的拋物線，原始的體味，原始的律動，在陽光下、在熊熊營火映照下，古銅色皮膚閃耀著原始的純眞靈魂。看他們的舞蹈，我每每不自覺地跟著擺動身體，心甘情願被帶領、被懾服，那種不屬於強烈聲光的視覺直接灌衝，卻讓整個感官跳躍起來，隨之舞動。

《伊索寓言》裡有一則故事：有個人對大眾拚命炫耀，說自己在羅陀斯（即現在的羅德島）跳得遠極了，無人可比，天下第一。旁邊有人聽不下去了，就說：「假如你眞的那麼神，也不需要什麼證人，就當這裡是羅陀斯好了，你跳吧！」

本來是奉勸人不要說大話的寓言，輾轉流傳，到了多情的詩人筆下，竟然化成極爲感性優美的句子：「這裡有玫瑰花，就在這裡跳舞吧！」

喜歡做什麼事，就値得用生命去做，去做好。醉心於自己擅長的事物，最能提升自我。因爲生命是探索，向來沒有固定的形式；「一萬年太久，只爭朝夕」，因爲生命似朝露，當下有什麼興致、有什麼機緣，當下就做了，做了再說，想那麼多做什麼？

這裡有玫瑰花，就在這裡跳舞吧！

2 在這世上有個人，妳愛他更甚愛妳自己

美國短篇小說家歐亨利（O. Henry，一八六二～一九一〇）擅於描寫小人物的生活，他的一篇〈聖誕禮物〉我很喜歡：

有一對年輕夫妻，妻子名叫黛拉，丈夫吉姆，他們很窮。聖誕節快到了，黛拉想買聖誕禮物送給吉姆。但她沒有錢，很煩惱。黛拉照鏡子，看著自己的飄逸長髮，柔柔亮亮，閃閃動人。想起了吉姆有一只金錶。這只金錶是吉姆家傳三代的物品，也是吉姆最珍貴的寶貝。黛拉想到什麼是給吉姆最棒的禮物了。

滿心歡喜的黛拉立刻上街，走進一家假髮店，出來的時候已經變成了短髮；原來，她把一頭美麗的長髮剪了，賣給假髮店，換得不少錢；她又走進一家鐘錶店，買了閃閃發亮的白金錶鏈，希望能配上吉姆的金錶。

晚上吉姆回到家中，看見黛拉的短髮，驚訝得說不出話來。

黛拉告訴吉姆，她賣掉心愛的長髮，買了白金錶鏈當聖誕禮物，想讓他驚喜一下。

沒想到，吉姆更驚訝了。

吉姆從口袋中拿出一份聖誕禮物給黛拉，黛拉打開禮盒，看到了一組鑲有寶石的梳子。吉姆說，他賣掉心愛的金錶，買這梳子，是爲了給心愛的妻子梳美麗的長髮。

他們一心一意只爲對方著想，兩人都願意爲對方割捨自己心愛的東西，這種眞愛，讓他們過了一個最快樂的聖誕節。

這種感覺一定很棒吧！在這世上有個人，妳愛他更甚愛妳自己。《詩經・衛風・有狐》也爲我們展現這種溫馨、甜蜜、永恆又珍貴的人間眞愛：

有狐綏綏，在彼淇梁。心之憂矣，之子無裳。

有狐綏綏，在彼淇厲。心之憂矣，之子無帶。

有狐綏綏，在彼淇側。心之憂矣，之子無服。

這首詩描寫一位獵人在野外看到一隻狐狸，心中所想，意念所及，全都是爲了愛人添新的服飾：

獵人緩步而行，淇水橋上，見一狐狸，毛茸茸的。
他默默思念愛人：「我可以幫她添件新外套了。」
狐狸慢慢走，過了河灘。
他默默計畫：「也許做一條新腰帶更好。」
狐狸走近，來到岸邊。
他又改變主意：「說不定她喜歡新袍子。」

如果你買過禮物送心愛的人，你一定知道那種心裡的三層變化：挑禮物時，想著他會不會喜歡；送禮物時，看著他的表情；送完禮後，期待他的回饋。不只是挑禮物的甜蜜，後續所帶來的心緒波動，實在不下於盤算送禮的初衷。

電影《蘭花賊》（Adaptation，二〇〇二）裡，主角說：「我從小就立下志向：要愛我愛的人，而不是等別人來愛我。」愛一個人要用對方喜歡的方式，這是愛情與生活的共同祕訣。

大學時，我送了一副耳環給學妹。她沒有特別驚喜，只是默默收下。當我注視著她，當我深情地注視著她，她的雙眼顯得更加清澈，更加明亮。隨著我深深的凝視，她緩緩地閉上了雙眼。雖然閉上了雙眼，我相信，卻有一種不知名的力量在她心中擾動，一種令人無以名之的情愫在她腦中醞釀；她閉上了眼，看不到我的注視，可她感受得到，用心去感受，用生命去感受；於此同時，我也感受到她的心正注視著我。閉上了眼，眼前是黑夜，但她內心充滿著陽光，溫和而不刺眼。她讓我的世界停止了。我因爲美好的理由被愛神拯救，雖然我不知道自己哪裡美好。

幸福的祕訣，是讓自己知道有特別的人在某處等著自己；也許，人類已經發展出一種可以爲他所愛的人做任何犧牲的本能。

3 吃到撐死

伍德羅．威爾遜（Woodrow Wilson，一八五六～一九二四）曾任美國第二十八任總統。而在他當總統前，一八七九年畢業於普林斯頓大學，一九〇二年起任該校校長。

一九一〇年，當他任紐澤西州州長期間，一天傍晚，有人從華盛頓打電話告訴他，他的好友參議員突然去世了。

威爾遜尚未從悲痛中恢復過來，電話又響了。這次來電的是紐澤西州的一位著名政客。

「州長先生，」他直言不諱地說：「我希望能代替那位參議員。」

「好吧，」威爾遜也直截了當回答說：「只要殯儀館不反對這件事，我本人完全同意。」

對於混水摸魚、見縫插針的野心投機政客，他們眼光不可謂不精準，他們心機不可謂不深沉，他們嘴臉不可謂不醜陋。但是，一旦遇到正直的政治家，政客也沒輒，碰了一鼻子灰，自取其辱。

美國幽默小說家馬克．吐溫（Mark Twain，一八三五～一九一〇）很擅長揶揄政客，他談一位去世不久的政客說：「我沒去參加他的葬禮，不過寫了封親切、得體的信，說我讚許這件事。」又說：「公僕就是，被人民選來分配貪汙所得的人。」更妙的是：「假定你是個白痴、是個國會議員。哎呀！我同一個意思講了兩遍。」

注意與區隔「政客」與「政治家」之不同，在現今民主越蓬勃的時代，越顯重要與必要。二千五百年前，《詩經．鄭風．羔裘》對官員就已經有這樣的深切期待：

羔裘如濡，洵直且侯。彼其之子，舍命不渝。
羔裘豹飾，孔武有力。彼其之子，邦之司直。
羔裘晏兮，三英粲兮。彼其之子，邦之彥兮。

羔裘是羔羊皮裘，也就是士大夫的朝服；詩的意思是說：

穿著制服的官員，個性溫潤就像羔羊皮裘的質地，他耿耿稱職，捨命為國，此心不渝。
穿著制服的官員，英武威猛就像羔羊皮裘的豹紋，
他正直無私，堅守崗位，盡忠職守。
穿著制服的官員，具備的美德就像羔羊皮裘的鮮明，
他可為表率，國家俊彥，不可多得。

二千五百年前就對公職人員有這樣深切的殷殷企盼。細看歷史，真正回應人民期待的官員並非沒有。據《隋唐嘉話》記載：大理寺卿徐有功，每次遇到武則天忠奸不分、正邪不辨，要亂殺人時，必定依據事實與法律，在朝廷上當面向她諫諍，仔細說明誰正誰邪、誰忠誰奸。徐有功曾經在朝廷上與武后大聲爭辯，言辭激烈，面紅耳赤；武后大為惱怒，下令把他拖出去殺了。即便到了這時候，徐有功還轉頭對武后說：「我就是死了，法律也不能改，正義更不能廢。」到了行刑的鬧市，他又被免掉死罪。武后將他從仕籍中除名，降為平民。這樣幾番起落，徐有功始終是那樣剛正不屈，奸邪貪官都逃不過他的法眼。他正是朝廷可以依賴的人，死後當地人們還一直懷念他。

懷念好官，看看台灣；忽然想到《艾子雜說》裡有這樣的記述：

齊宣王向艾子說：「我聽說古代有名叫獬豸的野獸，牠是怎樣的一種動物呢？」

艾子回答：「遠古堯帝時，確實是有這種神獸，名叫獬豸。牠就住在朝廷中，而且還能辨別出群臣百官中奸邪不正的人，然後用獨角撞擊，把他吃掉。」

艾子解釋完，又進一步說：「如果今天有這種神獸，想來牠不用費心再去尋求別的食物了。」

會把百官中奸邪不正的人吃掉？假使台灣眞的有這種神獸，想來牠不止「不用費心找食物」，牠應該會吃到撐死吧！

4

忠於眞愛就沒有藉口

二〇〇八年九月二十六日，對喜愛保羅．紐曼（Paul Newman，一九二五～二〇〇八）的影迷而言是個十足傷感的日子。保羅．紐曼因肺癌病逝於康乃狄克州沿海小鎭衛斯波（Westport）。

保羅．紐曼是美國著名影星，一共演過五十多部電影，十度獲奧斯卡金像獎提名，一九八六年以《金錢本色》（The Color of Money）一片贏得最佳男主角獎；演技之外，更令人動容的是，他以個人品牌所創立的食品公司已捐出二億多美元用於慈善事業。

演技精湛，外貌俊美，保羅．紐曼一直是性感男星的象徵；他與名演員瓊安．伍德沃（Joanne Woodward）結婚已三十年，幸福美滿。但他私生活極爲嚴謹，從不鬧緋聞。曾有人問他對外遇的看法，他比喻很妙：「家中已有牛排，爲什麼還要在外面吃漢堡呢？」

男人變心搞外遇，最好不要找藉口，那會使對方受到二次傷害，而且這種二次傷害，只會讓女方更覺羞辱與憤怒。來看《詩經．鄘風．蝃蝀》被負心漢傷害的女子，她的吶喊：

蝃蝀在東，莫之敢指，女子有行，遠父母兄弟。
朝隮于西，崇朝其雨，女子有行，遠兄弟父母。
乃如之人也，懷昏姻也，大無信也，不知命也。

這位女子當初爲了自由的愛情，衝破禮教禁忌，離家出走，嫁給心上人。她的行爲說明了她剛強濃烈的個性，以及對愛情義無反顧的追求。但負心漢喜新厭舊，新婚再娶，毫無誠信，辜負了女子一片眞心，踐踏了她的深情，辜負了她的愛意。傷心的回憶，憤怒的譴責，女子吶喊：「難道你不知因緣天注定？」

無奈中的最無奈，痛苦中的最痛苦，當初不信「冥冥之中，自有天命」，硬是選擇他，如今舊夢已碎，殘夢難圓，又希望「冥冥之中，自有天命」能復合，無可奈何中，抱一線希望，陷入無盡的矛盾迴圈。

一個女人天生命再好，生在再好的家庭，受再好的教育，交了願意爲她付出的朋友，如果婚姻選錯人，也是徒然，照樣悲慘不幸。莫泊桑說：「對男人的甜言蜜語，妳只要相信三分之一。」如果不幸，相信太多呢？古老的希臘諺語說，女人只能用淚水洗滌過雙眼，才能更看得清楚事實。

有句話說，愛是不必說抱歉的。我認爲完全相反，只有當我們有能力說對不起時，那表示我們眞正懂得尊重對方，我們才有資格去愛人。

一位女性朋友失戀了。從我認識她開始，她從來沒有，是的，從來沒有一個人過情人節、耶誕節、生日。即便是有男友，身邊追求者從未間斷。

「說說話吧，說出來，會好一點。」我說。

「我不習慣，跟別人說自己內心的眞正感受。」

「沒人習慣。這需要練習。」

「有時你想幫助一個人，卻只是讓她更痛苦。」

「我知道。妳的驚嚇、恐慌、陰暗、扭曲，都是該有的，妳甚至覺得命該如此，但事實上不是。」

「我本來是想大哭的，但我的淚腺太驕傲了。」

「他說分手的理由是？」

「他說愛我，不忍我再受傷。所以分手。」

我心想：「那是男人分手十大最爛藉口前三名。」安慰說：「妳想想：如果一個眞正愛妳如此深的人，會希望看到妳受這樣的委屈嗎？」

「我看錯他了。」

「那沒關係的。有時妳不得不做一些錯事。有時妳甚至必須犯一個大錯。才能弄清楚什麼是正確的。犯錯是痛苦的，但那是發現眞我的唯一方法。沒有男人可以決定妳是誰，除了妳自己。」

「我該怎麼做？」

「妳知道怎麼做。所以妳才會這麼痛苦。女人失戀時不僅不知自己是誰，也害怕發現自己是誰。」

「我怎麼能愛一個人那麼深，深到讓自己那麼痛苦？」

「有時愛與恨是不易分別的，不是嗎？」

「也許吧，但我們女人可以看到你們男人以爲我們看不到的東西。」

「我相信，我眞的相信。但人生最有趣的地方，有時候妳就是選了之後才知道什麼是妳不需要的。」

5 少一點盲點

人們對於自己所擁有的知識及能力常常會有高估的情形。利奇坦斯坦、費雪夫、菲利普斯（Lichtenstein, Fischhoff and Phillips）與葉茨（Yates）將這種情形稱為「過度自信」（overconfidence）。

首先，我認為過度自信的表現，不僅在自己認為可以完全掌控事物前，即便是事情已經脫離自己掌控，還是會過度自信而不自覺，這才是最可怕的。

其次，人的過度自信並不會與自己對事物的掌握程度成正比。如果一件事的難度以一到十區分，有九分把握的人固然會過度自信，只有三分把握的人也會高估自己。

最後，過度自信的原因之一就在盲點。

以婚姻為例。如果婚後不比單身好，大多數的人寧願保持單身；如果戀愛之後沒有比較快樂，很多人還是不要對象。看到戀愛的好、婚姻的好，盲點使我們只見眼前美景，卻獨獨看不到自己的弱點，潛意識認為如果是自己涉入其中，也可以得心應手，任何問題都可迎刃而解，高估了自己對婚後調適的知識，或是解決戀愛問題的能力；然而，很多事無法以常理判斷，更何況其中還有許許多多我們所知所不知的盲點。

盲點是沒有看到缺點，盲點是沒有意識到弱點。

如何解開盲點？

來看《詩經．陳風．衡門》，要點就在於縮小目標，降低欲望：

> 衡門之下，可以棲遲。泌之洋洋，可以樂飢。
> 豈其食魚，必河之魴？豈其取妻，必齊之姜？
> 豈其食魚，必河之鯉？豈其取妻，必宋之子？

一根橫木也可以當門，簡陋的房屋也可以棲身；不用吃美味高級的魚也可以飽足；娶妻無須娶豪門大家閨秀，小家碧玉難道會遜色嗎？

如果過度自信，買屋必豪宅，娶妻必豪門，衣食住行必華麗新穎，就像永遠在填塞無止盡的欲望黑洞。

過度自信的問題不僅是看錯自己，也會錯看別人。喜歡一個人的時候會故意看不到他的缺點，討厭一個人的時候會連他的優點也看不見。

《詩經．陳風．衡門》要人們縮小目標，降低欲望；換言之，回歸原點，停止投射，解開盲點。原理來自人對未知的無法掌握，人的知識有三大區塊：

一、我所知。如：一位專長於經濟的學者，他的經濟專業知識與普通常識。

二、我不知。如：專業是文學領域的學者，數理方面可能較少涉獵而不知。

三、我未知。如：可透過學習，或是根本不知自己到底知不知。

大腦裡，其實有很大的一部分——我們不知道它存在著，更不知道它不但存在，而且還在一直運作，這就是I don't know what I don't know.翻成中文：盲點。中文眞的優美又簡短有力，多有效率！單單兩個字就漂亮地表達了意思。

看不清楚，會去猜，會用自己的想法去解釋。以自我觀點解釋給自己聽，讓自己找到合理解釋，這是投射的開始。然而，看不清楚比看不見更嚴重。看不見是全然不知；看不清是一知半解，一知半解所造成的貽誤更甚於全然不知。井底之蛙如果一直待在井裡，那牠還算安全，如果牠眞以爲天下之大如井口，不但被譏笑無知，自身還有危險。這些危險是井裡所無，但一出井，立刻不保。

人們往往不願意接受事實，只不過是因爲他們不喜歡事實呈現在他們面前的方式。人們只願意相信自己想接受的部分，不能理解的就直接遺忘了。這也是過度自信的後果。

因爲未知，所以探索；因爲探索，所以犯錯；因爲犯錯，所以學習。

學習，指的倒也不是拚命去抓東西；有時候，放掉目標和抓住目標同等重要，甚至更重要。

6

遇與求

我相信，我們每個人都曾白痴過；我也相信，我們每個人都曾短暫的發瘋；但我更相信：我們一生中可以同時白痴兼發瘋的，就是戀愛的時候。

但我很窮，只有夢；
我把我的夢鋪在你腳下；
輕輕踩啊，因為你踩的是我的夢。

好美的詩。

美麗的詩，不表示美麗的愛情。

詩的作者是愛爾蘭詩人葉慈（William Butler Yeats，一八六五～一九三九），一九二三年諾貝爾文學獎得主。在他二十四歲那年，原本可以平靜創作的心不再平靜，過人的才華又多了一個噴勃的出口，他遇到她，爲她寫了一百多首情詩。

她是誰？

她是葉慈在倫敦遇見的一位愛爾蘭劇場演員兼革命運動者茉德．岡恩（Maud Gonne）。他數度求婚，她一再拒絕；儘管被拒絕，葉慈的愛依然滔滔不絕。

二十四歲相遇，愛戀，直到他五十一歲，不死心又求婚一次，還是被拒絕。

結束了嗎？還沒。

葉慈五十二歲時，看到愛人的女兒，有其母必有其女，他彷彿又見到當初令他內心翻天覆地的女子；於是，他又求婚了。這女孩不但外貌像極了媽媽，連回答也跟媽媽一模一樣：拒絕。

毛姆說：「持續得最久的愛情，是從未獲得回報的愛情。」愛一個人可以愛多久？被拒絕多少次才會死心？愛一個人可以延伸多廣？

天若有情天亦老，天眞的有情，但人的用情到了最深的時候，比天長比地久；天不會老，而人的深情到最深的時候，二十八年根本不算什麼。

最深的用情，《詩經．周南．漢廣》裡有最狂熱的追求：

南有喬木，不可休思。漢有游女，不可求思。
漢之廣矣，不可泳思！江之永矣，不可方思！
翹翹錯薪，言刈其楚。之子于歸，言秣其馬。
漢之廣矣，不可泳思！江之永矣，不可方思！
翹翹錯薪，言刈其蔞。之子于歸，言秣其駒。
漢之廣矣，不可泳思！江之永矣，不可方思！

這首詩的大意是說：我夢寐以求的情人，希望眞的那麼渺茫嗎？比漢水更渺遠，比江上的霧更迷濛。一次又一次，我失望了；一次又一次，我重燃希望；我幻想她嫁到我家，餵馬的糧食都已爲新娘準備妥當。

一次又一次，我還是失望了。

用盡所有心思，花費全部時間，追一個人，圓一個夢。

成功？落空？

可望而不可求，可求而不可及。

狂熱有幾種？

英國哲人培根說：「就算是神，在愛情中也難保聰明。」但是，誰又要聰明呢？有了眞愛，誰還要當神呢？

偉大的愛情是成熟的開始；所以，在愛情的痛苦裡，讓我們歡呼吧！讓我們面對殘忍的愛情而歡愉；然而，嘗到愛情之苦，表示你還不懂眞正的愛情。只有當你眞正感到你必須對愛情負責時，你才會感受到愛情帶給你的成長和甜蜜。

美國知名作家蘇珊・桑塔格（Susan Sontag）曾說：「人的一生，會對特定的人印象深刻，發現了，就會跟隨一生。他們是你的糧食，勝似空氣。」重點是我們無法控制愛上誰。對葉慈來說，愛情使人勇敢，愛情使人迷失。愛情過程中不必什麼都知道，只要知道最甜蜜那一部分。

人們總愛說：「可遇而不可求。」不知有沒有人認眞懷疑過：「如果不可求，可遇，又有何意義？」有一天你會遇到一個讓你想做白痴事的人。一個人做，當然很蠢，但是跟心愛的人一起，那成了世上最美好的事。

你最後悔的事，通常是沒有去做的事，而不是做過的事。

7 妳可以不用再爲別人洗衣服了

美國黑人女聲樂家瑪麗安・安德森（Marian Anderson），被名指揮家托斯卡尼尼（Arturo Toscanini）譽爲最美嗓音的歌手。她曾在白宮爲小羅斯福總統獻聲；也曾在擠滿七萬五千人的林肯紀念堂演唱。有一次，記者問她：「這一生感到最美好的時刻是何時呢？」

「是那一天，我永遠記得。」女歌手平靜卻驕傲地說，「我回家告訴媽媽：妳可以不用再爲別人洗衣服了。」

我們與父母之間的關係似乎是這樣：孩提時代與父母最爲親密；青少年時期與父母關係緊張對立；剛成年時與父母疏離；出社會嚐盡人情冷暖，開始回饋父母；等自己成爲父母後，與自己父母的關係恢復親密。

《詩經・邶風・凱風》詮釋了這種關係其中的某些遺憾與無奈：

凱風自南，吹彼棘心；棘心夭夭，母氏劬勞。
凱風自南，吹彼棘薪；母氏聖善，我無令人。
爰有寒泉，在浚之下；有子七人，母氏勞苦。
睍睆黃鳥，載好其音；有子七人，莫慰母心。

詩的大意是說：

南風吹動棗樹嫩芽，一如母親溫暖的撫育，
但是子女漸漸成長，母親也慢慢衰老羸弱。
兒子辜負母親的期望，母親依然無怨無悔。
泉水尚能滋潤大地，撫養七子的母親只有辛苦。
黃雀之音宛轉美妙，七子卻無法撫慰母親劬勞。

「一位成功人士的背後，一定有一位偉大的女性。」其實，這位背後的女性不一定要多偉大，她只是照著她所受的教育去教育她的孩子。《史記》裡有這樣一則故事：

楚國大將子發攻伐秦國，耗盡糧食，派人向楚王求援。使者見過楚王後，又去探望子發的母親。母親問使者：「軍中兵卒是否都好？」使者回答：「兵卒們都有豆子可以吃。」又問：「將軍也還好嗎？」回答：「將軍早晚吃米吃肉。」子發擊敗秦國，回家時，他母親關門不准他進來，並嚴厲責斥：「以前越王句踐攻伐吳國時，有客人送來一罈美酒，越王把酒倒入江的上游，然後讓部卒在下游飲江水；當然，下游江水的味道不會因一罈酒而有酒味，但君王這樣做卻讓士卒更甘願爲自己賣命。你身爲將軍，士卒吃豆子，你吃肉，你把部下當什麼？你雖然打敗了秦國，這是僥倖。你不是我的兒子，不要進我的門。」子發恭敬地聽取母親的訓誡，反覆向母親謝罪，母親才讓他進了門。

這是母親的嚴格。除了嚴格，母親的支持也是子女成功的關鍵。

自幼「特好奇書」的徐霞客，常把歷史、地理的書放在經書底下偷讀。考試考不上，乾脆不考，以「問奇於名山大川」爲志，自二十二歲出遊，三十餘年內遊遍大半個中國，在交通如此不便的時代，毅力之堅，信念之強，實爲罕見。然此與他有一個開明豁達的母親有很大關係。徐母對兒子當「地理探險家」的志趣全力支持，激勵最深。當兒子因顧慮堂上老母，猶豫出遊時，徐母說：「志在四方，男子事也。」還親手製作「遠遊冠」贈給兒子，「以壯行色」。每次徐霞客出遊回來，談起旅途見聞，徐母總是插話對談，眉飛色舞。爲了讓兒子出外時放心，徐母以七十三歲高齡與之同遊荊溪，還搶著走在前面！徐霞客以旅行爲畢生事業，對山岩地貌、水文生物、礦產風俗，記述翔實。特別是他實地勘查了一百多個石灰岩溶洞，正確指出岩溶地貌的成因和特徵。這一發現，早於歐洲人約兩個世紀。徐霞客在地理學上的成就，徐母的支持功不可沒。

我想起一位朋友的媽媽在他三十歲生日時對他說之語：「你小時候總是希望知道自己能走多遠；現在，該是讓你知道你已經走多遠的時候了。」抽象的說一些感恩之語，永遠不足以回報恩情，只有實質的回報才能表達一個人的感激。

父母對孩子無條件的愛，是人類延續下去的原因。

8 摘花須知

美女只能欣賞，不可與之結婚。

——猶太諺語

莎士比亞說：「愛情是一朵生長在絕壁懸崖邊緣上的花，要想摘取就必須要有勇氣。」有人不喜歡平平淡淡的愛情，專門挑戰絕壁。對於這類想摘懸崖邊緣上的花的人來說，欠缺的絕不是勇氣；他們心中更多的是害怕眞正摘取成功後的失望。

失望什麼？

美女的可怕不在於她的美，在於她的神祕，第一眼看到美女的人，當然是驚爲天人，但此時美女的一切都是未知的、神祕的、新鮮的；於是，好奇心加上原動力，使得人們開始暗中或公然調查、詢問，千方百計獲得美女的相關資訊。

對於自己心儀的對象，特別當她是美女時，有可能是：影子永遠比眞人更吸引人。所以有人說，對於心儀對象，只要想像就好了，似乎無須和本人眞正有什麼互動。並不是說，互動就會有某些程度的失望，而是「想像的美好」永遠勝於與眞人實際互動。

至於實際互動，其效益當然不容否認。我總認爲，要讓一個女孩更可愛，最好、最有效的方法是叫一個男生去追求她。

「如果追她的男生，她一點也不喜歡呢？」

即使追她的男生不是她喜歡的那一型，她還是多多少少有一點高興。有人欣賞，本身就是一件愉悅的事，人人都有被欣賞的渴望與需求。「被欣賞」本身就是一種被肯定，一個人需求被滿足，這是很重要的。

來看《詩經．鄭風．將仲子》那位被追求女子的心態：

將仲子兮，無踰我里，無折我樹杞。豈敢愛之？畏我父母。
仲可懷也，父母之言，亦可畏也。
將仲子兮，無踰我牆，無折我樹桑。豈敢愛之？畏我諸兄。
仲可懷也，諸兄之言，亦可畏也。
將仲子兮，無踰我園，無折我樹檀。豈敢愛之？畏人之多言。

仲可懷也，人之多言，亦可畏也。

當時的社會環境，無父母之命、媒妁之言的自決婚姻，肯定會受到輿論的鄙視和來自家人的譴責壓力；然而，詩裡的男生爲了見到心上人，翻過鄰居牆、爬過住宅牆、越過園藝牆，讀者彷彿可以見到他由外到裡，從遠而近，跨過禮教的藩籬，直奔心上人的懷裡。而詩中女主角呢？對甜蜜愛情的嚮往，對己身幸福的主動追求，早已讓她將「人言可畏」置之度外；也把重重阻攔「哪怕父母責罵、哪怕兄長懷疑、哪怕鄰居閒話」拋諸腦後——我就是要期待，就是要追求屬於自己的難得幸福！

我們爲愛情所作的任何奉獻，都是違反本性的：從愛情中，我們學會忍受，忍受失去尊嚴、失去時間、失去金錢，甚至忍受自己暫時變成另一個人。能一邊違反本性，一邊在愛情存活的關鍵在於否認：否認害怕失去她、否認自己不會變心，最重要的事，我們否認自己正在否認一切。否認太多，到最後，已無法分辨眼前的眞相。

難怪有些人把感情留給自己。也難怪總有人愛得愈多，荒謬愈強烈。

人們的錯誤，在於太渴望愛情，太強調愛情的美好，太過誇大愛情的重要。人們似乎忘了：愛情的意義不在發現，而在尋找。

所以，那就去尋找吧！英國桂冠詩人丁尼生（Alfred Lord Tennyson，一八〇九～一八九二）曾說：「愛過又失去，比從未愛過好。」那我忽然很想補充：「隨時可能分手的感覺，比分手本身可怕得多了。」

你有沒有看過一部大家都說很好看的電影，結果卻令你非常失望？

9
無所謂，他們會找到我的

德國哲學家叔本華（Arthur Schopenhauer，一七八八～一八六〇）相信：「悲劇的目的不在於改變人生的不幸，而在於把人生的不幸揭示出來，使人認識到人生是一場無可留戀的噩夢，因而斷念（resignation）。『斷念』是對於生存意志的拒絕或否定。」

既然都已拒絕或否定生存意志，悲觀的叔本華對於死亡更是灑脫。他要求很簡單：「躺在堅硬的櫟木棺材裡」；再立一塊「四到五公尺長的花崗岩墓碑」，上面只寫叔本華的名字；最後，葬在「一個永恆的墓地」。

「那麼，所謂的永恆墓地，是指哪裡呢？」有人問。

「無所謂，」叔本華回答：「他們會找到我的。」

有人巴不得別人知道自己，也有人不希望別人找到自己，但最難的狀況，大概就是《詩經．魏風．園有桃》所說的：

園有桃，其實之殽。心之憂矣，我歌且謠。
不知我者，謂我士也驕。
彼人是哉，子曰何其？
心之憂矣！其誰知之？其誰知之？蓋亦勿思！

園有棘，其實之食。心之憂矣，聊以行國。
不我知者，謂我士也罔極。
彼人是哉，子曰何其？
心之憂矣！其誰知之？其誰知之？蓋亦勿思！

這首詩大意是說：我的人品才華兼備，好比味美的桃子，讓人一見即心生歡喜。可是沒人了解我，沒人喜歡我，我寂寞度日。不認識我的人，說我驕傲，說我藐視禮法。孤獨，苦悶，煩惱，憤怒；不被人理解的失落，被人誤解，對人性失望；自怨自艾，四處奔走，知音難尋；還被人認爲驕傲、沒有規矩。我不是驕傲，朋友！他們說對了嗎？你怎麼看？我又該怎麼辦？誰能了解我的苦衷！

無法助你成長的工作，一點意義都沒有；所以，有時倒也不必那麼難過；此外，應該常常跟可以給你幸福的人在一起，或是不把你生活變複雜、不會傷害你的人；然而，就是因為跟別人在一起的時候，人們往往更容易發現需要獨處。

另一種情形是：刻意獨處，不想被打擾。

人們什麼狀況下會故意獨處？改變不了環境時。

改變不了環境，一定是妥協，什麼都讓步，一讓步什麼都不在乎，什麼都不在乎，剩下來的，就是跟自己相處了。

跟自己相處，那就獨來獨往吧！

獨來獨往會幸福嗎？法國小說家、存在主義哲學家卡繆（Albert Camus）說得好：「如果你老是要問幸福是什麼，你將永遠錯失幸福。」我們確實不需要如此神經兮兮的去探究自己幸不幸福；馬克・吐溫曾經幽此一默，說：「精神健全和快樂幸福不可能兼得。」

獨來獨往是不被人了解的。當然，他也不希罕被人了解。

找到讓自己快樂的方法，有時並不如我們想像得那麼容易。因為我們很容易陷入自己的情緒裡。

「我不是拒絕快樂，我只是不太會享受它。有時候，我真的很不喜歡這個世界。」
「看清自己想要什麼，才有助於找到自己眞正的需要。」
那就獨來獨往吧！無所謂，他們會找到我的。

10 一個很少人知道的祕密

有人和法國名將戴高樂（Charles Andre Joseph Marie De Gaulle，一八九〇～一九七〇）一起在公園散步，看到一對熱戀中的年輕情侶，卿卿我我，濃濃愛意。他用充滿羨慕的口吻說：「還有什麼比戀愛中的青年男女更幸福的？」

「有，」戴高樂緩緩的說：「牽手的老年夫婦。」

馬克．吐溫認爲：「沒有一個男人或女人了解完美的愛，除非他們結婚二十五年後。」四分之一的世紀，見證了什麼，也摧毀了什麼；但我總認爲：只有當你眞正了解愛情，你才能眞正感受愛情；只有當你眞正感受愛情，你才能眞正享受愛情。

來看另一場景《詩經．鄭風．女日雞鳴》，描述的似乎是較年輕的婚姻生活：

女曰：「雞鳴。」士曰：「昧旦。」

子興視夜，明星有爛。「將翺將翔，弋鳧與雁。」

「弋言加之，與子宜之。宜言飲酒，與子偕老。琴瑟在御，莫不靜好。」

「知子之來之，雜佩以贈之。知子之順之，雜佩以問之。知子之好之，雜佩以報之。」

妻子說：「雞在叫了。」丈夫答說：「天還沒亮呢！」妻子起床，看了看四周，夜色迷茫，群星燦爛。又說：「鳧與雁將要飛出，你快去獵牠們。」

「好，我射中牠們後，我們一起享用吧！喝酒祝賀我們白頭偕老！彈琴助興，安樂美好。」

「我知道你喜歡玉佩，等你回來，我送你玉佩，一如你的個性，溫潤內斂。報答你爲我所做的一切。」

張愛玲說：「生在這世上，沒有一樣感情不是千孔百瘡的。」在千孔百瘡共同生活三十年、四十年、五十年，甚至六十年後，無須言語，眼神交流，一個動作，已知對方心意。只剩寧靜，任何彈孔爛瘡都不足以讓兩人受到傷害了，這，就是老年之愛。

分享另一段我在大學時期所記錄的一段老年之愛：

她生病了，他來看她。床頭的病人資料寫著她八十一歲，他的年紀呢？他臉上的皺紋和滿頭白髮已給了我答案。

他行動不便，一步一步地走到床邊，手扶著床，慢慢地坐下。一句話也沒說，用微微顫抖的手，拿出一個熱水保溫瓶，用手握住瓶蓋，慢慢轉開；再用雙手將瓶身微微傾斜，慢慢倒水；水灑了，但他輕輕拿著瓶蓋，伸手往前，示意要她喝些溫水。

她原先躺在床上，身微向右傾，左手撐在床上，右手肘頂住，雙膝微彎，左腳努力蹬一下，半坐而起；他右手持水，左手伸出去拉她的右手，努力往自己身體一拉，她坐了起來，慢慢伸出微微顫抖的手，將水接過喝了。

我可以想見，六十年前，他們新婚的甜蜜喜悅；五十年前，他們有了孩子後的壓力和負擔；四十年前，他們共同攜手共渡中年危機；三十年前，他們有了第一個孫子的歡樂和滿足；二十年前，他們步入老年後的相互扶持。

她輕輕咳了一聲，他從袋子裡拿出一塊麵包，還是顫抖的手，還是慢慢的，他把塑膠袋拿掉，撕了一小塊，用右手餵她，她伸出左手，握住他那顫抖的手，將嘴湊上去，把麵包吃了，一口一口的，慢慢的。

我想，他們將兩千多年前《詩經》中的「執子之手，與子偕老」的理想，做了最動人的重建。這樣的畫面，新新人類的戀情中找不到，這樣的深情，新新人類不懂，這樣的一路相伴始終無怨無悔，新新人類無法想像。

麵包吃完了，兩人端坐凝望，相對默默無語。凝望中，時間凝住，對他們而言，一切都凝住，一切都有意義，一切都無意義，他們自己就是意義，他們自己創造了意義。

最後的畫面彷彿電影裡的停格，停格後的畫面像極了一幅油畫：背景光線，人物的線條，臉上的表情，表情裡的深情，那是美的畫面，那是我最難忘的一對情侶。

告訴你一個很少人知道的祕密：女人越老，越聰明、越性感、越棒。

漢

新裂齊紈素，鮮潔如霜雪，
裁爲合歡扇，團團似明月。
出入君懷袖，動搖微風發。
常恐秋節至，涼飆奪炎熱，
棄捐篋笥中，恩情中道絕。

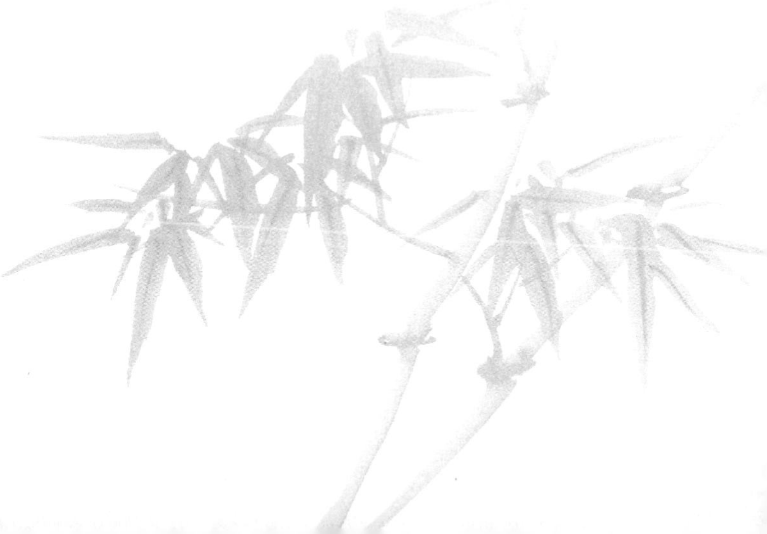

11 女人最眞的等待，男人最美的對待

一八八二年，一位二十八歲的愛爾蘭青年初抵美國。海關問他有沒有要報稅的東西，他竟回答說：「沒有，除了我的才華。」

他是王爾德（Oscar Wilde，一八五四～一九〇〇）。揶揄女人：「相貌平凡的女人老是盯著自己的丈夫；漂亮的女人就不會，她們一天到晚盯著別人的丈夫。」蔑視爛書：「我一想到那本書的害處時，我就沒心再想去寫跟它匹敵的東西了。」極度自負：「想知道我這一生的一齣大戲嗎？我過日子是憑天才，而寫文章只是憑本事。」洞悉人性：「世上只有一件事比被人談論還要糟，那就是沒有被人談論。」「人總是摧毀最愛的。」領悟人生：「老年人相信一切，中年人懷疑一切，青年人知道一切。」「生命，男人了解它太早，女人了解它太遲。」屢發名言，警句連連。

事實上，他背景不凡：父親是醫生，母親是詩人。但他曾因私生活不檢點，被判坐牢。儘管如此，他才華過人，妙語如珠。有一次，他在宴會上看到一名女子，驚爲天人，馬上求

愛。但對方久聞他素行不良，狂放自適，所以斷然拒絕。王爾德溫柔地告訴這名女子說：「男性和女性對戀愛的態度不一樣，男人總是想成爲女人的初戀，但女人卻希望自己是男人的最後戀人。」那美人聽了他這一番話，爲之心動，鍾情於他。

說到以才華求婚，當然想到司馬相如（前一七九～前一一七）。他回四川途中，路過臨邛，認識商人卓王孫的寡女卓文君。文君喜音樂，對司馬相如才華非常傾心。司馬相如以琴聲挑文君，愛侶私奔，同歸成都。

司馬相如的求愛情歌，對愛慕的對象先動之以情，大膽告白，言語誠懇卻充滿激情：

鳳兮鳳兮歸故鄉。遨遊四海求其凰。時未遇兮無所將。
何悟今夕升斯堂。有豔淑女在閨房。室邇人遐毒我腸。
何緣交頸爲鴛鴦。胡頡頏兮共翱翔。
鳳兮鳳兮從我棲。得托孳尾永爲妃。交情通體心和諧。
中夜相從知者誰。雙翼俱起翻高飛。無感我思使余悲。

我司馬相如自比爲鳳，四處求凰而不得。今天，幸運之神忽然降臨，妳，外貌美豔，性情賢淑，一見鍾情，卻不知妳的心意是否已經和我相通？欣喜之餘，擔憂之心油然而生。近在眼前卻好像遠在天邊，心急如焚，何時能與妳長相左右？跟我在一起吧！我們一定會百年好合！正因爲世上有愛情，所以我們要活下去。我們是爲愛情而生。請勿猶豫，來到我懷抱，享受無限幸福。如果不能感動妳，我將陷入最深沉的悲哀。

這麼有才華，又有這麼多愛要給，總可找到一個人願意接受。司馬相如以情動情，以心碰心；戀愛中的男人，相信這個女人身上有他要的一切；換言之，男人在情人身上看到的自己，比女人看到的還多。

男生總是大剌剌的，他們不懂感情最深邃之處的細微；然而，對男人來說，有些深情雖從未被記錄，也不會被了解；但是，它們已經從男人心底發出，眞實存在，等待女人領受。

女人只要有最眞的等待，就會有男人最美的對待。

12

切割之必要

貝多芬（Ludwig van Beethoven，一七七〇～一八二七）初到維也納時，就受到奧國李奇諾夫斯基王子（Prince Karl Lichnowsky，一七六一～一八一四）的招待。王子不但提供貝多芬居住，也備極禮遇。本來，十八世紀末，這音樂之都就流行一種風雅：知名的音樂家爲王公貴族演奏；然而，莊園裡的客人對王子而言是貴賓，對貝多芬卻是極不舒服的演奏。例如有些是拿破崙手下的軍官，而拿破崙佔領過維也納。王子與貝多芬兩方關係終於在一八〇六年決裂。貝多芬撂下一句：「天下王子多的是，但貝多芬只有一個。」隨後負氣離去，冒雨回家，把王子的半胸像摔碎，從此他和王子就不相往來。

所謂「君子絕交，不出惡口」，那，如果對方不是君子，是否惡口也無所謂？

我同意貝多芬所做的切割，更想起孔子：「人家對你不好，你還對他好；那人家對你好，你要拿什麼對人家？」（《論語．憲問》：「以德報怨，何如？」「何以報德？以直報怨，以德報德。」）

來看朱穆（一〇〇～一六五）〈與劉伯宗絕交詩〉，他跟貝多芬一樣，昭示切割之必要：

北山有鴟，不潔其翼。飛不正向，寢不定息。
饑則木覽，飽則泥伏。饕餮貪汙，臭腐是食。
填腸滿嗉，嗜欲無極。長鳴呼鳳，謂鳳無德。
鳳之所趨，與子異域。永從此訣，各自努力。

朱穆是東漢桓帝正直清廉的官吏，《後漢書》說他「祿仕數十年，蔬食布衣，家無餘財。」當官當了數十年還能「家無餘財」，眞可爲萬世官員表率。他個性剛烈，嫉惡如仇，劉伯宗是他舊友。當他仕途暢達之時，劉伯宗與他交誼甚好。後來劉伯宗升爲二千石，他被降官，劉以富貴驕人，所以他與之絕交。

既然是絕交詩，當然要說明絕交的理由。詩的一開始，朱穆把劉伯宗比喻爲惡鳥：飛不正向，寢不定息；不思修養向上，不保持羽翼清潔；這一切，無疑是絕交理由。朱穆告訴老友：「你不思自身修養，餓了就到樹上抓取幼鳥，吃飽了就臥在爛泥中，這些所作所爲令人不齒。我把你比喻爲饕餮並不爲過。貪財爲饕，貪食爲餮，你貪汙成性，以腐肉爲食，那張嘴猶如一個永無法塡滿的黑洞，與我格格不入，奮鬥目標不同，實難攜手共進，從今以後，分道揚鑣，各走各路。書不盡言，言不盡意。言盡於此，自此切割，望君保重。」

對貝多芬和朱穆而言，要恨絕交的對象其實不容易，因爲這些人有一種討厭的虛僞，令人有一種不舒服感覺的那種聰明。

落難時得罪人，可以在發達時彌補；發達時得罪人，不可能在落難時彌補。世界是殘酷的，所以如此眞實。要眞正衡量一個人的壞，要看他對旁人造成的傷害。難怪法國總統戴高樂說：「我認識的人愈多，我就愈喜歡狗。」

那，怎麼會有人能和不喜歡的人還可以作朋友呢？

就跟怎麼會有人能同不相愛的人還結得成婚一樣。

13

努力向豬學習

英國哲學家米爾（John Stuart Mill，一八〇六～一八七三）曾說：「我寧願當痛苦的蘇格拉底，也不願當一隻快樂的豬。」

其實大家似乎誤會豬很久了，豬也是會思考的，豬是非常聰明的動物，牠的智力僅次於黑猩猩、海豚、大象。豬被汙名化這麼久，實在冤枉；而且，會思考並不意味著一定痛苦，不會思考不表示比較快樂。正面地積極思考，還是可以帶來快樂；換言之，當一位「會思考的蘇格拉底」並不意味著一定要痛苦。林肯說你可以像自己想像的那麼快樂。反過來說似乎也可以：「你可以像自己想像的那麼痛苦。」

美國文學家愛默生（Ralph Waldo Emerson，一八〇三～一八八二）說：「人類的救贖有賴獨立的思想家導正人們的思想。」真正的智者一定常保快樂。世上最快樂的人，常常是騰不出時間來的，哪有時間去「自苦」？

不是所有的人都能感受到愛，快樂也是；你可能比蘇格拉底還會思考、比蘇東坡有才華，但你就是不快樂。除非你找到自己的空間，不然你不會快樂。就像「古詩十九首」裡的：

生年不滿百，常懷千歲憂。
晝短苦夜長，何不秉燭遊！
爲樂當及時，何能待來茲？
愚者愛惜費，但爲後世嗤。
仙人王子喬，難可與等期。

詩的大意是說：人生在世，不足百年，煩惱諸事，頗不值得。既然人生苦短，何不夜以繼日地盡情享樂？此時不樂，更待何時？有些人愚蠢又吝嗇，只是被後人笑，還有一些人四處求仙問道，想永生不死，更是難上加難。

東漢末年，社會黑暗，知識分子要選擇作一名痛苦的智者，還是一隻快樂的豬？詩裡透露出淡淡的苦悶、憤懣與自暴自棄：既然生不逢時，懷才不遇，那就放開一切，及時行樂吧！

現今的失業潮、無薪假、經濟不景氣，痛苦指數節節上升。忍耐痛苦比尋死更需要勇氣；於是，考驗一個人、看一個人有沒有勇氣，不是看他敢不敢死，而是看他敢不敢活著面對生命的苦難。

不快樂的原因是因爲失望。不論喜不喜歡，你的人生總會一直讓你失望。別人的安慰也許能讓你的心情暫時好一點，但卻無法一下子完全撫平你的傷痛；況且，失望最大的殺傷力在於它讓一個人害怕不前。心裡害怕，那又是另一層次的殺傷力，人們最害怕失去的東西，常常就是因爲人們的害怕而失去。

不想失望，人們會先計畫。當然要計畫，但別期望穩贏，天下沒有穩贏的事。當期待落空，這無疑地對一個人的殺傷力是最強的，治療期待落空的傷心和失落，沒有一個方法比立刻升起、打造另一個期待更有效。

有時，須學會不抱太大期望。這也有一個好處：結局會帶給你更大的驚喜。

爲今之計，只好努力向豬學習：又快樂，又會思考，而且加一些逆向思考：失望越多越好，多一點失望不是自我毀滅，是逆向操作，把自己的痛覺弄麻痺，麻痺就沒感覺了，痛過頭就不會覺得痛了。所以，讓失望更多一點吧！讓傷痛更深一點吧！這樣才能面對現實——眞正的生活現實。

14 女人的誠意與男人的誠意

馬克・吐溫在娶得美嬌娘之前，受到準岳父的嚴厲考驗。原來，這位岳父大人並不了解他，不願就這樣把寶貝女兒交到他手上。於是岳父大人想了一個辦法：他要馬克・吐溫想辦法證明自己的品行。

幾經波折，馬克・吐溫拿來了六位知名人士的證明。可是其中有的冷淡、有的揶揄，甚至有些負面，對他而言可眞是會在準岳父大人面前扣分的。儘管如此，馬克・吐溫還是硬著頭皮將證明交給了岳父大人。

這位嚴格的紳士看過後，覺得十分有趣，問道：「在這個世界上，你難道連一個幫你說話的朋友都沒有？」

「顯然是這樣。」馬克・吐溫尷尬地回答。

出人意外地，他接著對馬克・吐溫說：「那麼，讓我作你的好朋友吧，我答應你作我的女婿。因爲我比別人更了解你。」

可惜他的才華沒有在求婚時派上用場。他用完全的誠意，不投機，不賭運氣，不收買朋友說好話，打動了岳父。

人一生中有兩個時候不可投機：負擔不起時，以及負擔得起時。

這是男人的婚姻誠意。來看漢樂府〈上邪〉裡，女子的婚姻誠意：

> 上邪！我欲與君相知，長命無絕衰。
> 山無陵，江水為竭，冬雷震震夏雨雪，天地合，
> 乃敢與君絕！

老天啊！祢作證：我要與他相愛！此愛永不衰退、永不滅絕！除非：高山變成平地、江水乾掉了、冬天有春雷、夏季下雪、天跟地合在一起，——我才與他分離！

女子的婚姻誠意，如此濃烈熾熱。從天俯瞰：高山崩塌、江水枯竭；自地仰望：冬天響雷、夏天飄雪。最後，世界末日、天地閉合，才甘心放手。她以浴火鳳凰般的毀滅式愛情，以及天摧地塌、若不天長地久就與天地同歸於盡的決心，做出最驚天動地，也最撼動人心的愛情呼告。

在傳統詩詞裡，女子形象多是柔柔弱弱：或捲珠簾、或倚紅欄；空床獨守、蹙眉拭淚；長吁短嘆、悲風哀月；守著一縷情思，看悠悠江水不回頭。她們用風信子般的生命在等待，在受委屈，在被愛情糟蹋。夢想未必成眞，青春終究燒盡，紅顏老矣，一生就這樣風化成石。而〈上邪〉劈天駭地呼告：「誰說女子對愛情只能被動地等待？」女子對婚姻的誠意，會轉成力道，精誠所至，金石爲開。當誠意強化到某一程度，接下來會轉化爲信念；於是，她相信：生命的目的是以所有的形式去表現愛；她自信：當一個更好的他站在自己眼前，感覺他會向自己走來，而不是自己要走向他。

婚姻是責任，婚姻是承諾，你不可能逃避責任，不管是誰要你負的，或是負了責任之後會多痛苦。擁有婚姻也同時意味著你必須放棄一部分或大部分你熟悉的事物，接受陌生。那是喜悅，那是自我挑戰，不管輸贏，都有成長，所以當你眞誠面對婚姻，你永遠是贏家。

眞愛，通常有很神祕的過程；但是當結束的時候，就是結束的時候。試著忠於自己的感覺——不管那感覺是什麼——尤其跟愛情有關的時候。

「求婚的時候最好小心一點。」

「爲什麼？」

「因爲，對方可能會同意的。」

15 我可以花一個世紀來等待讀者

美國小說家愛倫坡（Edgar Allan Poe，一八〇九～一八四九）在《我發現了》一書中說：「我不在乎我的作品是現在被人讀，還是由後代子孫來讀。我可以花一個世紀來等待讀者。」

這是對自己作品的自信——我的書可以流傳一百年以上。

這更是對自己的自信——我寫的書，領先讀者程度一百年以上。

自信其來有自。愛倫坡自稱其小說「轉幽默爲怪誕，將害怕變驚悚，誇大機智成刻薄，把奇特變成怪異和懸疑」，洵非虛言。

一百年會不會太久？美國幽默詩人唐．馬奎斯（Don Marquis，一八七八～一九三七）就說：「出版一本詩集，就如同將一瓣玫瑰擲進大峽谷，等候迴響。」

會不會太久，是時間問題；有沒有知音，是讀者程度問題；讀者程度會不會隨著時間而進步，是只有上帝才知道答案的問題。我關注的問題是：是什麼力量讓寫書的人堅持下去並堅信一百年後也許只有一位讀者來當自己的知音？

曹雪芹寫《紅樓夢》，感嘆：「字字看來皆是血，十年辛苦不尋常。」十年寫一本書，也不算久；如果以十年爲成書基準起跳，血流滿面的書還眞不少：

十年以上：

·司馬遷《史記》十五年

·玄奘《大唐西域記》十七年

·孔尚任《桃花扇》十五年

二十年以上：

·班固《漢書》二十年

·宋應星《天工開物》二十年

·顧炎武《日知錄》二十年

三十年以上：

．王充《論衡》三十年
．李汝珍《鏡花緣》三十年
．徐宏祖《徐霞客遊記》三十四年

四十年以上
．施耐庵《水滸傳》四十年

從愛倫坡到中國經典，寫書的人在意的，難道是過程的辛苦嗎？「古詩十九首」有很好的答案：

西北有高樓，上與浮雲齊。交疏結綺窗，阿閣三重階。
上有弦歌聲，音響一何悲。誰能爲此曲？無乃杞梁妻！
清商隨風發，中曲正徘徊。一彈再三嘆，慷慨有餘哀。
不惜歌者苦，但傷知音稀，願爲雙鴻鵠，奮翅起高飛。

一重又一重高聳樓台，高聳入雲；曲檐雕工華麗，窗子鏤刻花案，窗內有輕綺帷簾。忽然傳來一曲，似是款款訴情，哀怨之音，令人不禁想：「此音是誰所發？會不會又是另一個不幸女子？」

聽那曲，歌者心境一定像清秋一般慘寂而又高潔清明；再細聽，似乎又有千迴百轉的心事。她一彈再三嘆，悲愁似乎濃得無法排遣。

知音難遇，比痛苦本身更痛苦。

這種心境，我完全明白。

《魔戒》作者托爾金（John Ronald Reuel Tolkien，一八九二～一九七三）總共花了十二年才完成作品，他有次接受訪問，思及創作過程漫長，艱苦磨心，還歷經二次世界大戰，停筆一年。忍不住說：「我宣布完稿時不禁哭了。」美國小說家霍桑（Nathaniel Hawthorne，一八〇四～一八六四）說起自己的作品《紅字》（*Scarlet Letter*）：「完全是地獄之火煉成的故事，我幾乎不能射進絲毫歡樂之光。」

我讀者問我：「什麼文章最難寫？」我答：「自己不想寫的文章最難寫。」

我的好友兼讀者說我寫的書很難看，我問她哪一部分？她說：「有字的部分。」我的另一位好友兼讀者，說我寫的書跟掛在衣架上的毛衣一樣。

「什麼意思？」我問。

「沒腦袋。」

創作的過程其實就是困頓自己心靈的過程，「不惜歌者苦，但傷知音稀。」千萬不要羨慕作家，沒有任何寫作才華，其實還比較幸福。

16

哲人本色與強人本色

古希臘哲學家第歐根尼（Diogenes）學問豐富，字字珠璣，經常睡在一只瓦缸裡。有一次，亞歷山大大帝去看他，好奇心起，問：「你有什麼需要我幫的？說說看。」自認本領通天，有移山塡海之能，號令天下，莫敢不從的皇帝，想看看自己有多大能耐，想聽聽哲人對他的阿諛崇拜。

然而，這位玩世不恭的哲人只是淡淡答道：「請讓開一點，你擋到我的陽光了。」亞歷山大嘆了口氣：「如果我不是亞歷山大，我願是第歐根尼第二。」

這是哲人本色。畫家徐悲鴻說：「人須無傲氣，但必具傲骨。」其實，淡淡的傲氣，有時是自然散發而不自覺，既然不自覺，當然也不會以此傲人而因此惹人厭，反而更增其傲骨之姿。

要說強人本色，忽然想到項羽（前二三二～前二〇二）。

他力能扛鼎，才氣過人；秦始皇東遊會稽時，他在路旁觀看，曾說：「彼可取而代也。」豪氣干雲，無人可比；鉅鹿之戰，破斧沉舟，以一當十；其後諸侯將領謁見他，竟然「膝行而前」，而且「莫敢仰視」；鴻門宴時，劉邦曾向他乞求寬恕，才倖免被擒。

司馬遷在《史記》裡描寫楚軍被圍困於垓下，人少食盡。四面楚歌，項羽與虞姬對飲，慷慨悲歌：

力拔山兮氣蓋世，時不利兮騅不逝，
騅不逝兮可奈何！虞兮虞兮奈若何！

曾經力拔山河，英氣蓋世，如今，老天也來跟我作對，連馬也不前行，我又能怎樣？虞姬啊！虞姬，妳說，我又能怎樣？

虞姬的〈和項王歌〉也悲壯回應：

漢兵已略地，四面楚歌聲。
君王意氣盡，賤妾何聊生！

項羽身邊之人個個泣不成聲，莫能仰視。這位強人最後「僅剩二十八騎，至烏江自刎而死」。

由項羽我想到「強人本色」。強人之所以爲強人，當然有自己的哲學。一般而言，強人哲學有五種特性：

第一特性是：強人很少發脾氣。

弱者容易發脾氣，弱者發脾氣只會向更弱者發洩。弱者本身也有很高的優越感，但眞正的優越是不居高位而比別人強。

第二特性是：從不作「如果失敗」的想法。

「失敗」是弱者的幻想，既是幻想，毫無意義。把自己堅強起來，對必然的事，輕快地接受。此非易事，但總要有人去做。強人也可能在人面前總是表現得很堅強，其實心裡怕得要死。

第三特性是：不在乎別人的想法。

一般人或多或少都會在意別人用什麼眼光看自己，但強者獨來獨往，獨行其事，渾然忘別人於先，渾然忘我在後。

第四特性是：不斷超越自己。

對一個眞正的登山者而言，任何山都是矮的。

眞正的強人不在每每戰勝別人，而在屢屢超越自己。戰勝別人還容易，超越自己就難了。之所以難，有兩個原因：第一，安於現狀。如果一直失敗，鬥志一定會消磨，如果一直消磨還是一事無成，一試再試還是失敗，自然鬥志全消，安於現狀。第二，樂於小成。在現階段的小成功、小成就之後，人往往不是因此得到更大的鼓舞或激勵，而是陶醉於現階段小成就的自滿、停滯。

成長不在於對過去的依戀，而在於對過去的超越。

第五特性是：耐煩。

一直一直重複作同一件事，每個人都會煩。心理學家也告訴我們，人的專注力有一定的時限。這就是爲什麼學校的兩節課之間有下課休息時間。強者特別耐煩，耐力特強，可以忍受單調的事物和工作內容，一直做下去。

選擇了，就要承擔後果，強人往往自己彌補生命中的缺憾。

哲人，因智慧而輕蔑權勢。

強人，上帝經常這樣對祂選中的人：最喜歡的人受到最多考驗。

皇帝——請靠邊一點，別擋住陽光。

17

女人的疑心與男人的疑心

據說這是流行於法國的笑話。

一位婦女來到醫師診間，聲稱自己吞了一隻青蛙，態度堅持，語氣肯定。

醫生點點頭，說：「請放輕鬆，我要開始治療了。」他偷偷抓了一隻青蛙，藏在身上；同時，他給這位婦女催吐。

婦女狂吐後，醫生趁機把青蛙放在嘔吐物中。「妳看！好了，青蛙已經被妳吐出來了，沒事了。」

可是婦人還是擔心：「萬一青蛙已經在我體內產卵，那我怎麼辦？」

「那是不可能的，」醫生回答：「這青蛙是公的。」

這婦女的疑心來自對醫生的不信任，女人的疑心，希望某一刻快到來，又希望那一刻永遠別來；知道所有問題的答案，只是不知道這些答案是否正確；就算知道自己的感覺，也不想去相信它們；她們大腦告訴自己要什麼，但其實自己並不想要。

爲了破解疑心，女人總是需要許多東西來證明自己的存在。她們內心深處當然知道，要不就往前走，要不就原地打轉然後離開。她們內心深處明白，不相信不代表不可能發生。女人不喜歡被控制的感覺，當她們被控制的時候——女人喜歡認爲自己是對的。

關於男人的疑心，來看漢樂府〈豔歌行〉：

翩翩堂前燕，冬藏夏來見。
兄弟兩三人，流宕在他縣。
故衣誰當補，新衣誰當綻。
賴得賢主人，覽取爲吾縫。
夫婿從門來，斜柯西北眄。
語卿且勿眄，水清石自見。
石見何纍纍，遠行不如歸。

寄人籬下的遊子，衣服破了，受到一位善心女子照顧，爲他縫補，不料卻因此引起她丈夫的猜忌。丈夫一進門，一副歪頭斜眼的模樣，懷疑中含有醋意，蔑視中蘊藏憤怒；妻子急於安撫丈夫，證明自己完全清白：「清澈的水，可以看見水中石頭。」丈夫回說：「你們這些離鄉背井的遊子，還是快回家吧。」

男人抱持的想法會影響接下來的反應行爲，反應行爲一出去，回來的效果又會讓自己形成另一波層次的思考；這次思考比上一次更理性，因爲那是修正過的。然而人的行爲很少出自理性，多半出自感情，大部分出自習慣。

當習慣行爲超越理性行爲，很容易產生誤解。所有的疑心都是從最微小的誤解開始的，只要一偏，你便會越來越看不見被你看不見的那面；因爲，有時候想像力比知識重要，用知識去判斷是非，也不能保證百分之百正確，更何況疑心一起，原有的知識有可能蘊藏自己的偏見，那就更不容易找到我們想要的眞相。

女人當然知道眞相，至少她們認爲自己知道眞相。女人比男人更聰明，因爲她們知道少而了解多；所以，改變男人的心，是女人的特權。她們花了十年、二十年、三十年改造，然後說：「你不是我當初嫁的那個人。」女人必須有改造男人成爲好丈夫的才能，但切記：改造成功之後，千萬不要抱怨眼前這個男人怎麼不是當初自己愛的那個人。

這是女人轉化疑心的方法——你既然讓我懷疑，我乾脆把你改到我不懷疑的地步。

張愛玲〈談女人〉：「你疑心你的妻子，她就欺騙你；你不疑心你的妻子，她就疑心你。」到底女人的疑心是對的，還是男人的疑心是對的？

「什麼時候答案沒有對錯？」

「沒有標準答案的時候。」

18

從扇語到唐朝潑辣女

在十九世紀的西班牙，少女參加舞會等社交活動時，往往會由母親或年長女性相陪——以陪伴之名，行監視之實，確保自家寶貝女兒規矩清白；殊不知，媽媽政策固然厲害，女兒對策更是絕妙——少女以扇傳情，媽不知姐不覺：

- 左手持扇近身：我單身（右手則相反）
- 快速搧風：我不相信你
- 以扇近頭：我深愛你；我想結婚（若近額頭則表示我對你沒意思）
- 把扇子拿遠並合上：我今天要出去（你要陪我嗎？）
- 把扇打開靠近嘴唇：請別懷疑我
- 直接把扇子給某位男孩：我心只屬於你

相對於十九世紀西班牙扇語傳情的雅致閒趣，西漢女詩人班婕妤留下的〈怨歌行〉所展現的扇語則充滿哀怨無奈：

新裂齊紈素，鮮潔如霜雪，
裁爲合歡扇，團團似明月。
出入君懷袖，動搖微風發。
常恐秋節至，涼飆奪炎熱，
棄捐篋笥中，恩情中道絕。

班婕妤原爲漢成帝妃，失寵後居長信宮。詩的意思是說：新剪下來一塊產自齊國的絲絹，如霜雪鮮明皎潔，圖案美好。團扇製成後，天氣熱時供人搧風，受人喜愛，被人順手放在袖子裡。但秋風起，天轉涼，扇子被隨手收入箱子裡。那擁有扇子的人啊，你真的就這麼絕情嗎？

詩中扇的意象，豐富而深厚：

・扇的質地鮮潔，象徵女子的美好品質
・扇的合歡圖案，暗喻女子形貌姣好美麗
・扇的出入君懷袖，表示女子受寵之時
・扇的棄捐篋笥中，女子被拋棄的遭遇與心態

我忍不住想：傳統婦女在封建社會不平等對待下、在父系社會的強勢壓迫下，會不會已經養成逆來順受、任何苦一口吞的柔順「基因」，然後一代又一代，這種逆來順受的柔順基因代代流傳下去？——未必。

寫幾條資料，看看唐朝女人的厲害：

比黃巢還可怕的老婆

唐僖宗中書令王鐸，性情溫文儒雅，個性膽小軟弱；曾出任南面行營招討都統，駐紮江陵，率兵抵禦黃巢。他不甘寂寞，除了帶兵，還帶著姬妾，他老婆妒火中燒已久，他老兄卻老神在在。一天，忽然傳來消息：「老婆大人已離開京城，正在前往江陵的路上。」王鐸擔心害怕，憂愁滿面，對隨從說：「黃巢從南邊殺來，夫人自北方逼近，其中滋味，寢食難

安。」沒想到他的幕僚建議他：「我看你投降黃巢算了！」

比惡鬼還可怕的老婆

唐中宗時，裴談向來信奉佛教，其妻兇悍蠻橫，忌妒心超強。裴談對人說：「老婆可怕之處有三：當她們是妙齡少女時，看上去個個都像莊嚴菩薩，有人不怕菩薩嗎？待到兒女成行，圍繞膝前，看上去像九子魔母（女神名，保佑人們生子之神），有人不怕九子魔母嗎？到了五、六十歲時，她們薄施妝粉，一塊青一塊黑，看上去像個鳩盤茶（佛教中謂吃人精氣之鬼，奇醜無比，常用來比喻婦女醜狀），有人不怕鳩盤茶嗎？」當時優人在御前演唱〈迴波詞〉道：「迴波爾時栲栳（竹製或柳條製的盛物器），怕婦亦是大好；外面只有裴談，內面無如李老（指唐中宗，中宗懼怕韋后，政由內出）。」韋后聽說之後，重賞演出的演員，可見當時怕老婆風氣之盛。

連唐太宗都感到害怕的老婆

唐太宗想賜給房玄齡一個美人，但房的太座忌妒心極強，房玄齡期期以爲不可，一直推辭，不敢接受。唐太宗叫皇后召見房妻，對她「曉以大義」說：「朝廷命官蓄婢納妾之事，有相關規定；且玄齡年事已高，聖上賜妾，是特極優待，皇恩浩蕩，應予接受。」但房妻說什麼都不准，太宗火了，把她叫來，說：「妳忌妒什麼？告訴妳，我李世民若不能賜妾給房玄齡，我就把妳賜死。」房妻道：「死就死。」唐太宗叫人拿了一杯「毒酒」（其實是水），對她說：「好，既然如此，妳把它喝了。」房妻道：「喝就喝。」拿起酒杯，一飲而盡，面無懼色，膝不落地，瞪著太宗。太宗吐了吐舌頭，說道：「這種老婆連我都會怕，何況玄齡！」

怕老婆怕到丟了飯碗的阮嵩

唐貞觀中，貴陽縣令阮嵩之妻閻氏兇悍善妒。有一次，阮嵩在廳堂陪客人喝酒，召來婢女，談唱助興。閻氏聞之，披頭散髮，赤腳露臂，帶了一把刀，大叫一聲，衝到大廳。客人婢女一見，奪門而出；阮嵩就地臥倒，滾進床下。刺史崔邈考核阮嵩，下評語道：「婦強夫弱，內剛外柔，連妻子都制不住，怎麼治理百姓？妻子不懂禮教，那也罷了，丈夫一點精神氣魄都沒有，豈有此理。」考核結果，評為「下等」，解除現任之職。

看了這幾條資料，眞是大快（女）人心。同時男人也該了解，憤怒的女人比憤怒的男人可怕；惹到不該惹的女人，你雖然不會馬上死，但相信我——你會非常想死。

19 開路者有五個特性

佛洛伊德（Sigmund Freud，一八五六～一九三九）生命力極強悍，一九二三年罹患口腔癌，歷經大小手術三十多次。一九三八年逃避德國納粹迫害遷往倫敦，直至逝世。逝世前兩個月還在女兒的幫助下爲病人做精神分析。

一九〇〇年，他的第一部專著《夢的解析》問世時，他在扉頁上題下了錄自古羅馬詩人維吉爾（Virgil，前七〇～前一九）的一句詩：

假如我不能上撼天庭，我將下震地獄。

若說逆風而行的精神令人感佩，那順流而下時不得意忘形，強悍中帶著保守，也值得注意。

忽然想到劉邦。

西元前一九五年，劉邦平定淮南王英布，西歸途中經過家鄉沛縣，呼朋引伴，邀集家鄉父老宴飲。宴席上有一百二十位小兒唱歌助興，他便作了這首歌：

大風起兮雲飛揚，
威加海內兮歸故鄉，
安得猛士兮守四方。

這首詩語言簡約，但氣勢磅礴、感情濃烈，風格大開大闔，完全展現劉邦得勝後的興奮之情。但政權尚未穩固，外族威脅嚴重，因此他安不忘危，不能不有所憂慮，渴望得到猛士，不忘備武，保守前進，穩紮穩打，鞏固新建的王朝。

佛洛伊德是精神分析的開山祖師，劉邦是西漢王朝的開國皇帝。我想談開路者的五項特性：

第一，他是不完美的。

我們看一般人還容易看他的優點，但我們很容易專門去看開路者的缺點。即便是開路者本身具備再多的優點，在高規格要求下，我們都會視而不見，甚至會追著開路者的缺點猛打。

第二，他是沒經驗的。

沒有人可以指責開路者沒經驗、經驗不足，開路者沒有典範可以學習、找不到現成的成功模式可以套用，所以他當然經驗不足。開路者不是來學習前人經驗的，因爲他無前人可模仿，他是來開路，實際體驗，提供經驗，保留範本，開創模式。

第三，他是不怕失敗的。

開路初期，一定失敗。天下絕無一試成功之事，即便有，成也短暫，不會永恆；越困難之事，越需要一試再試。任何開創者開始的時候，一定是一直失敗、一直失敗、一直失敗。

第四，他是不封閉自己、寬容心最大的。

雖然開路者一頭栽入，埋頭向前，但是他的心胸必須比一般人開闊，心胸不開闊的人，絕不可能是好的開路者。他的寬容也比一般人深厚，因爲他要以最大的寬容來對待追隨者，追隨者隨時會疲憊、停頓、怠惰、背叛，這不完全是追隨者的錯，因爲追隨眞正的開路者實在是很苦的。

第五，他是不怕別人模仿的。

開路者漸漸把路走出來之後，一定會有人開始模仿，開路者絕不怕模仿，只怕別人不來模仿：看到劣質模仿，會心喜自己的成就，看到優質模仿，會激勵自己更要加快腳步。

因爲害怕失去擁有現階段成就的小小喜悅，使開路者繼續在黑暗中前進、在挫折中前進、在眼淚中前進。因爲開路者知道：把事情做好的最好方法，就是自己去做。不斷前進，也是把事情做好；他很少回頭，他認爲人只有在對未來沒有信心時才會一直留戀過去的成就。

在絕望中多堅持一下下，終必體會喜悅。

20 我的另一半，我自己找

古希臘哲人柏拉圖曾在他的哲學對話〈會飲篇〉中，提起喜劇作家亞里斯托芬尼（Aristophanes，約西元前四四八～前三八〇）和蘇格拉底討論愛情的起源問題時，講了這樣一則故事：

那最初的人被神劈成一男一女，後來由愛情促使他們互相尋找，結合為一。

我聽過另一個版本，人都是貝殼的一半，尋找與自己吻合的另一半。

類似的概念其實不少。〈創世紀〉第二章第十八節：「神說：一個人獨居不好，我要為他造一個配偶來幫助他。」義大利作家路西安諾（Luciano De Crescenzo）的名言：「我們都是單翼的天使；唯有彼此擁抱，才能展翅飛翔。」

不管是哪一種說法，我們都在尋找屬於自己的另一半，與自己完全契合的另一半，可以容忍自己的那一半。

其實，跟一個不愛你的人在一起，比自己一個人還孤單。但就像村上春樹《國境之南、太陽之西》所說：「你或許有一天還會再傷害我。那時候我會怎麼樣？我也不知道。……不過總之，我喜歡你，只有這樣而已。」

我喜歡你，不只這樣而已，「古詩十九首」裡的情意更濃：

客從遠方來，遺我一端綺。
相去萬餘里，故人心尚爾。
文彩雙鴛鴦，裁爲合歡被。
著以長相思，緣以結不解。
以膠投漆中，誰能別離此。

客人來自遠方，而且來自丈夫身邊。受丈夫之託，專門送了一疋絲綃，證明了遠行丈夫對我深沉的愛。不期而至的客人，帶來丈夫的訊息，已使我驚訝萬分；又見到丈夫的禮物，更是欣喜若狂。自豪、滿足，這種幸福不是來自有形的一疋絲綃；雖然和丈夫分隔兩地，但丈夫念茲在茲還是我，我以此自豪；我曾經熱烈期待，也唯恐期待落空，如今祈求有了回應，我只感到無限滿足。

愛情是無法解開的絲，縱橫交錯，綿綿密密，如膠似漆；已分不清，也無法分清，更無須分清究竟是我融入你，還是你融入我。

不只尋找另一半，找到之後，深愛對方而對方也深愛著我，這就是幸福。希望與對方合而爲一，如膠似漆永不離，你身上有我也有你，從漢代以後這類概念也很多：

趙孟頫之妻管道昇夫人的〈我儂詞〉：

你儂我儂，忒煞情多，情多處，熱如火！
把一塊泥，捏一個你，塑一個我；
將我兩個，都來打破，用水調和，再捏一個你，再塑一個我。
你泥中有我，我泥中有你。
與你生同一個衾，死同一個槨。

馮夢龍〈泥人兒〉：

泥人兒，好一似咱兩個。

捻一個你，塑一個我。看兩下裏如何？

將他來揉合了重新做。重捻一個你，重塑一個我。

我身上也有你也，你身上有了我。

《汴省時曲．鎖南枝》，見《南宮詞紀》卷六：

傻俊角，我的哥！和塊黃泥兒捏咱兩個。

捏一個兒你，捏一個兒我，捏的來一似活托；捏的來同在床上歇臥。

將泥人兒摔破，著水兒重和過，再捏一個你，再捏一個我；

哥哥身上也有妹妹，妹妹身上也有哥哥。

天眞、新穎的比喻，生動地表現了一對情侶親密無間的感情。

這類想跟所愛對方融而爲一的眞愛、狂熱，讓自己對愛情更堅定，對自己所擁有的愛情感到幸福、滿足與驕傲。

不是每天都可以碰到可以愛的人。

你對一個人有好感的機率有多少？

如果他同時也對你有好感的機率有多少？

徐志摩說：「我在茫茫的人海中尋找唯一伴侶：得之，我幸；不得，我命。」相信，就會成眞；誰曾在活著的時候，時時刻刻，好好珍惜生命、領會過愛情嗎？沈從文在〈一週間給五個人的信摘錄〉裡說：「一個人無所傾心，就不大像一個人了。」也許他說的是文學，但我認爲用來指愛情，更好。

魏晉

人生無根蒂，飄如陌上塵。
分散逐風轉，此已非常身。
落地爲兄弟，何必骨肉親？
得歡當作樂，斗酒聚比鄰。
盛年不重來，一日難再晨。
及時當勉勵，歲月不待人。

21

你不能跨越我的底線

寫《彌賽亞》的德國音樂家韓德爾（George Frideric Handel，一六八五～一七五九）學會風琴後不久，獲邀在故鄉教堂裡演奏。後來又在歌劇團樂隊中擔任第二小提琴手。不久，他聽說盧利克市市政府的第一風琴手即將退休，心想機不可失，便去謀這項工作。可是有人告訴他，如果要得到這職位，得先和那名風琴手的女兒結婚。他暗中去看了那位寶貝女兒一眼，摸摸鼻子，回到歌劇團去。

我相信韓德爾心中有個底線，但這位女兒實在跨越了底線，韓德爾只好抱歉。《韓詩外傳》裡有則故事，一個殺牛的也面臨跨越底線的問題，但他沒有親自去看對象，而是用推論：

齊王爲女兒準備豐厚的陪嫁品，想將女兒嫁給名叫吐的宰牛人。吐藉口自己身體有病而拒絕了。

他的朋友說：「爲什麼拒絕？難道你想一輩子待在這腥臭的屠宰舖嗎？」

吐回答說：「因爲他的女兒長得醜。」

他的朋友說：「奇怪，你又知道他的女兒長得醜？」

吐說：「就憑我屠宰的經驗，所以我知道。」

他的朋友說：「此話怎講？」

吐說：「我宰殺的肉，如果肉質好，一稱完，顧客拿了就走；好的肉，我還怕不夠賣呢，怎麼可能多給？如果宰殺的肉質不好，雖然加這個，送那個，客人還不見得要，我還要擔心賣不出去。現在齊王以豐厚的財物陪嫁女兒，就是因爲他女兒長得醜。」

他的朋友後來見到齊王的女兒，果然很醜。

這個宰牛人心中對於結婚對象也有自己的底線。每個人對於道德、正義、工作、感情、友誼，都有自己的底線。

底線怎麼守？底線不用守，快要被跨過的時候，自己一定知道，剩下的問題是：自己的底線要不要被跨過？

劉楨（？～二一七）〈贈從弟〉：

亭亭山上松，瑟瑟谷中風。
風聲一何盛，松枝一何勁。
冰霜正慘悽，終歲常端正。
豈不罹凝寒，松柏有本性。

劉楨是建安七子之一，因在曹丕席上平視丕妻甄氏，以不敬之罪服勞役。詩的意思簡單明白：山上枯松，在風中矗立。任風再強，枯枝傲天。冰雪風霜凜冽，枯松整年昂然。難道枯松不受寒冬侵襲？而是因爲自有其抗寒本性啊！

你不能跨越我的底線，因爲那是我的最後防禦線，我的本性的最後忍耐極限。

有兩個玻璃杯，裡面的水，高低不同，如果要讓兩杯水一樣高，所有的人都會把水位高的杯子倒到水位低的。應該沒有人拿著水位低的杯子，到處去找水來倒吧？

人的一生，大多是在配合別人。配合別人的時間，配合別人的行程，配合這個、配合那個，雖說不上委曲求全，但偶爾會違背原則，這時候就要警戒，違背原則的下一階段，很可能自己的底線就要被跨越了。

人的價值觀經常在變，有人降低底線，讓自己好過一點；有人拉高底線，享受屬於自己的進步；有人底線被跨越也無所謂，可怕的不是墮落，而是墮落的時候非常清醒。

底線被跨的一大原因是貧窮。貧窮的麻煩就是它佔去你所有的時間，難怪馬克．吐溫要說：「財富是最能保護原則的東西。」

22

誰先放餌？

十九世紀英國政治家班哲明．迪斯雷利（Benjamin Disraeli，一八〇四～一八八一），他妻子瑪麗．露意絲在嫁給他以前，曾守寡多年，而且比他大十二歲。一八三九年他們結婚時，她爲他帶來一大筆財產和一幢豪宅，婚後幸福美滿。

在甜蜜歲月裡，迪斯雷利常與妻子開玩笑說：「我是爲了錢才娶妳的。」「是嗎？」瑪麗笑了，回答說：「但我相信，如果人生再重來一次，你一定會爲了愛而娶我的。」

露意絲的回答眞是讓人不禁想：「是她先放餌，讓政治家上鉤？」來看曹丕（一八七～二二六）的〈釣竿行〉：

東越河濟水，遙望大海涯。

釣竿何珊珊，魚尾何簁簁。
行路之好者，芳餌欲何爲？

一位釣客，越過黃河，沿著濟水，向東方趕路。他凝望海邊，擎起長長的釣竿，慢慢垂釣。他多麼期待有魚上鉤啊！可是，那些狡猾的游魚，優游自在，一甩尾，激水花，又自在優游而去。臨去秋波，還撂下一句：「請問遠方來的有心人啊，你辛辛苦苦投下香餌，是何用意呢？」

忽然想到一個滿有趣的問題：男女認識，交往，相愛。誰先「放餌」，成功機率較大？

我必須相信我是獨特的。因爲如果我不信，沒人會信。

曾經認識一個女孩，她的個性像是一團解不開的謎。我沒有追她——雖然我喜歡競爭，競爭使我更沉著冷靜——或許你認爲女生的那種極度美麗只是假象，一如星星看來美麗是因爲離我們太遠。但對我來說，我不必眞正見到星星，她眼裡就有。她內在有一道光，很亮、很亮，有一天會指引某人進入她的生活，那個人會眞的征服她。我不知道我是何時成爲那個人，說眞的，有時我甚至懷疑我到底是不是那個人。不過，這也無妨；因爲當我對的時候我不一定知道，但當我錯的時候，我一定知道。

風向從不是方向，風向充滿了方向。我開始猜測風聲的旋律，就像我偶爾會猜測愛情降落的角度。風聲拋來的夢，提醒人們：每一次生命的情愫，都能再度擁有最初的感動。

每次跟她在晚上散步，明明風不是很大，可她的長髮總會輕拂在我臉上。我只要一閉上眼睛，就能想起她的髮香。那時候吹來的風是那樣舒服，我永遠都不會忘記。

那天晚上的月亮，是我一生看過最美的。

我心裡有許多無法控制的情緒，我沒有一刻不想著她；如果不懂陶醉，清醒沒有任何意義。我相信男生可能因爲運氣好而認識一位美女，但卻不可能憑運氣去保有她。當身邊的單身朋友看到我這樣深愛一個人，總令他們想起過去曾有的戀情，也激發再一次得到眞愛的念頭。眾所周知，生命某些時候，你會覺得豁然開朗，一片美好。跟她在一起的時候，我有了這樣的感覺。這種原始感動，幾近絕跡。奇蹟有時會降臨在最沒有期待的人身上，所以才叫奇蹟吧？機會不像勵志書說的那樣，它不會無限量供應。再這樣下去，我的好運會不會用完？

到底，男女認識，交往，相愛。是誰先「放餌」？

答案只有風知道。

23 人生的「軟戰鬥」

先聲明：這不是腦筋急轉彎。

日本作家福永光司有一道奇妙的問題：「要怎樣才能把一棵彎彎曲曲的樹，看成直的呢？」

答案很簡單：「彎彎曲曲地去看，就能看成直的。」

一位醫生朋友告訴我：「身爲一個醫生，最大的困難就在於知道自己無法治癒一個病人。最令人驚訝的是，有時病人的意志力如此旺盛堅強，反而令我們這些醫生感到些許撫慰。」

如果說「無法治癒的病」是一棵彎彎曲曲的樹，那「病人旺盛堅強的意志力」就是「彎彎曲曲地去看」。

我想，我忽然可以理解我的醫生朋友想要傳達的訊息：「只有一個方法可以治癒傷痛：

唯有接受它，才能眞正瞭解它的意義。」醫院眞是世上最最不可思議的教育場。

只有當我們把人生看成悲劇時，我們才能開始面對生命中的一切。不管在醫院或在任何地方，我們也不要輕易地認爲可以安慰別人，如果不會包紮別人的傷口，至少不要去碰別人的傷口。

原來，人生很多時候，是角度問題。解決問題取決於用的方法，用的方法來自原始的觀看角度。

不受誘惑，則是另一個角度問題——內心觀照世間的角度。

在離廣州二十里的石門，有水名貪泉，相傳喝了貪泉，立即貪得無厭，東晉詩人吳隱之來此，故意大口喝下。並寫下〈酌貪泉詩〉言志：

古人云此水，一歃懷千金，
試使夷齊飲，終當不易心。

大家都說喝一口泉水，會讓人起了奪千金的念頭。但即便是伯夷、叔齊這樣棄君王之尊如糞土、視富貴之誘如清風的高節之士，就算喝一千杯，也不會動貪念吧？我偏偏喝給你看！我就不信我喝了會貪！

這種自我保持角度，不偏不倚的生命力究竟從何而來？

相信自己。

相信自己就不怕犯錯，不會因爲喝了貪泉就去貪；因此，即便犯錯也能從錯誤中成長。錯誤本身只是一種單純的單一事件、一次經驗、一個印象、一回教訓、一段記憶，所以錯誤本身不能、也不會帶給自己任何成長。除非眞正看透犯錯的起因、過程、結果，並且徹底明白錯誤帶來的影響，否則人們還是一錯再錯，錯得一塌糊塗。

相信自己就不怕別人錯怪自己，不怕別人認爲自己一喝了貪泉就去貪。舉世皆濁我獨清，眾人皆醉我獨醒，說眞話的人容易遭到攻擊，堅持勇氣，在現今道德似乎越來越淪喪的社會裡，顯得非常不易，卻也最勇敢。因爲它是一種無上的追尋，以及樹敵無數的宣誓：雖千萬人吾往矣。

你不能把彎的樹弄成直的，那就把彎的樹「看」成直的。你不能調整樹，那就調整自己。這不是自欺，正好相反，這是戰鬥，一種人生的「軟戰鬥」。生命並無友好本質在內，只有戰鬥才生存，只要隨時有戰鬥心，就算輸了，也是贏家。生命是痛苦的，千萬不要試著逃避痛苦，那只會使自己更痛苦。

不逃避，難道要全盤接受嗎？

那倒不必，痛苦來時，要閃開。閃不是躲到山中，閃是趕快找別的事來做，轉移注意力。人生比你想的還短。縮短悲劇吧！每天都像驚喜派對。你可以的。

24

開皇帝玩笑，保自己小命

英王喬治三世（George III，一七三八～一八二〇）有一次和商人朋友去打獵，走了一段路，有名侍臣把商人拉到一旁，竊竊私語，侍臣即刻退到一邊。喬治三世很好奇，問商人那名侍臣到底說了什麼。商人說：「我實在犯了大錯，請原諒我無禮。剛才那位大臣說，在國王面前戴帽子是很不恭敬的，更是一種忌諱；但是，我習慣打獵時帽子綁著頭髮，頭髮長在我頭上，我又騎在馬上。如果有一件必須脫離，那不就整個都完了！」喬治三世聽了，哈哈大笑。

開皇帝玩笑，保自己小命；忽然想到東方朔。先看嵇康（二二三～二六二）的詩〈東方朔至清〉：

外似貪汙內貞，穢身滑稽隱名。
不為世累所攖，所欲不足無營。

詩的大意是說：東方朔故意裝成一個不正經的人，特意埋沒自己的英名，不被世俗的觀念、習慣所束縛。就算他想要的東西沒有得到，也不會汲汲營營，刻意鑽營。

東方朔說話風趣，一生以詼諧著名。漢武帝初即位，下詔廣徵天下賢良。東方朔自我推薦，說自己年僅二十二，卻已對書寫、擊劍、詩書、兵法無所不通；而且「長九尺三寸，目若懸珠，齒若編貝，勇若孟賁，捷若慶忌，廉若鮑叔，信若尾生。可以爲天子大臣矣」。狂妄、誇張、又帶幽默。武帝因其言奇絕，遂令待詔公車。一次，武帝賜肉，時候不早了，大官丞還沒來，東方朔抽出劍，對同僚們說：「今天應該早點回去，我先收下賞賜了。」就割肉離去。大官丞向皇帝告狀，東方朔被叫了進去。武帝問：「昨天賞賜肉，你不等我下令，就擅自割肉，這是怎麼回事？」東方朔去冠謝罪。武帝說：「你起來，自我批評。」東方朔又拜了拜，然後說：「東方朔呀東方朔，你接受賞賜而不等皇上的詔令，多麼的無禮；抽劍割肉，多麼的果決；割下的肉不多，多麼謙卑；回家贈予妻子，多麼好心！」漢武帝說：「叫你自我批評，你反過來自我表揚。」被他弄得又好氣又好笑，於是放過了他。

漢朝另一位皇帝，漢靈帝劉宏，他喜歡學藝，每當召見太尉劉寬，常讓他講經。劉有一次酒後睡伏在座位上。靈帝問：「太尉可是喝醉了？」劉仰頭答道：「臣不敢醉，但因所負責任重大，所以憂心如醉。」靈帝很推崇他這句話。

劉寬反應再慢一點，他就永遠不必醒來了。

南北朝時，宋武帝宴會群臣，蕭琛醉伏筵中。武帝看了，頑皮心起，拿顆棗子投過去。蕭琛好夢正甜卻被吵醒，反射動作看也不看隨手拿起栗子扔回去，正中武帝的臉。武帝很生氣說：「你怎麼能這樣？」蕭琛一看不得了，是皇帝，忙說：「陛下投給我一赤心，我怎麼敢不報以戰栗？」武帝聽了，才又高興起來。

唐朝安祿山，肥胖無比。一天，唐玄宗指著安祿山的肚子問他：「你這肚子裡到底裝什麼，這麼胖！」安祿山巧妙地回答：「臣腹中別無他物，唯有一顆忠於皇帝的赤心而已。」玄宗大悅。

伴君如伴虎，開皇帝玩笑，保自己小命，這些臣子的絕快反應與絕佳應對，可眞令人玩味。

25

花一生懂一個道理

法國總統柯迪（René Coty，一八八二～一九六二）到巴黎參觀畫展。看得津津有味，若要評論，似乎也能頭頭是道。

「總統先生，」隨行記者忍不住問：「這些藝術你都懂嗎？」

總統嘆了一口氣，緩緩回答：「我現在才知道，不必每樣學問都知道；不過，我花了一生才懂這個道理。」

「花一生懂一個道理」的，還有徐陵（五〇七～五八三），在梁代，他曾爲東宮學士，對梁朝情感頗深。陳滅梁後，他又入陳爲官，在他心中一直有飲恨和自愧，與日俱增。現在，他老了，人之將死，其言也善。來看他的〈別毛永嘉〉，對一位後輩，說自己花了一生，到底懂了什麼道理：

願子厲風規，歸來振羽儀。

嗟余今老病，此別空長離。
白馬君來哭，黃泉我詎知。
徒勞脫寶劍，空掛隴頭枝。

希望你砥礪名節，有朝一日，爲人表率。垂暮老人，語重心長，其言也善，即便你日後奔喪，我地下可知？你縱有「季札掛劍」的風雅誠信，我可能已長眠，無法領你的好意。

一生懂一個道理，代價不可謂不高。但如果這個代價讓人生有所覺悟，餘生有所不同，倒也值得。但是，欲追春天，花季已過，欲觀潮水，風浪俱息，付出代價後，滄海桑田，人事全非，徒留憾恨。人生代價，有時眞令人不勝唏噓。一般而言，代價有六種特性：

第一，不保證性。

睡在地上的人永遠不用擔心從床上掉下來。如果不付出代價，當然一無所獲，但是一般人總以爲付了代價，一定至少會有一點點收穫，這並不正確。我相信每個人都有這樣的經驗：「付出代價，不一定有所獲得。」代價的不保證性，由此可見。

第二，無比例性。

不是付出越大代價，得到的報償越大。再怎麼辛苦撒種，一場洪水就會一無所有。努力和成就常常不成比例，世間的戲謔和諷刺，不公平和沒道理，莫此爲甚。期待付出多少會收穫相當的比例，常常會伴隨失望。

第三，代價可能讓你後悔。

就算只有付出一點點代價，得到的比自己預期的還要多，你還是有可能後悔曾經付出那樣一點點的代價。無論報償是什麼，無論報償多麼超過原本的期待或付出，我們都可能後悔去付那原先自己慶幸只付出的一點點代價。

第四，代價總是令人懷疑。

尤其在付出極大代價後，就算如己所願，自己也會懷疑：付出這麼大的代價，值得嗎？更何況在付出極大代價後，非己所願，自己只會更加失望。失望是生命的必然，但這並不表示失望並不痛苦。

第五，代價是接二連三的。

你以爲已經爲某事付出代價，學到教訓時，代價卻接二連三，沒完沒了，讓你痛不欲生。沒有一件災難會平白無故發生。這不是你的錯，人生總有許多令人措手不及的事。「命運」就是看準了人會屈服，所以苦難才會不斷得寸進尺。

第六，就算是已經因為錯誤而付出代價，下次還是會犯錯。

就算爲了某個錯誤而付出代價，你還是會——不管有心或無意——再犯一次錯，結果是你必須再付出一次相同代價，甚至更多的代價。這種錯誤循環令人痛苦，錯誤不該重演，但人類的本性卻易於偏向讓錯誤不斷重演。

如果上帝要人後退的話，祂就會使人腦後長著眼睛。我們當然無法改變過去的事，但是我們可以把握現在的日子。不管代價爲何，不管付出多少，不管值不值得，都要繼續往前走。

當然，一個人沒有必要每件事都要會的。

26

落地爲兄弟，何必骨肉親？

義大利男高音卡羅素（Enrico Caruso，一八七三～一九二一）被譽爲聲樂史上傑出歌唱家，他是義大利第一位錄製唱片的歌手，生平錄過二百五十多張唱片，演出歌劇五十餘齣。卡羅素感情淳厚，有幽默感，坦率熱情，慷慨助人。成名以後仗義疏財，經常掏腰包幫助窮困的朋友。有的朋友深深感動，有的卻認爲有了錢就該助人，理所當然。不過他看得很淡，全不在乎。

有一次，他的太太看他簽了好幾張支票。因此忍不住提醒他：「這些人絕不是每個人都配接受你的幫助。」

「是沒錯啊！」卡羅素淡淡地說：「可是，我怎知誰配誰不配呢？」

有人問蘇格拉底他來自何處，他答說他是世界公民；他認爲自己是宇宙公民。陶淵明（約三六五～四二七）〈雜詩〉（其一）正好爲蘇格拉底和卡羅素的寬闊情懷做了完整的詮釋：

人生無根蒂，飄如陌上塵。
分散逐風轉，此已非常身。
落地爲兄弟，何必骨肉親？
得歡當作樂，斗酒聚比鄰。
盛年不重來，一日難再晨。
及時當勉勵，歲月不待人。

人生在世，猶如無根浮萍，四處漂泊，就像瓜落地，又似風中之塵，輾轉再輾轉，滄海桑田，這個人再也不是原來的樣子。人身難得今已得，既得之，何不善用之？所以，不必有血親關係，所有的人，從他呱呱墜地開始，就是算一家人了。美好光陰一去不返，一天一天過去，及時做一些事吧，歲月從不等人。

對經濟狀況極困窘的人而言，獲得金錢的幫助是最實質且有效率的。無可諱言，金錢是最大最有力最直接的助人工具；然而，關於用錢，我們本來可以更聰明的選擇，但是生物的本能卻驅使我們做出愚蠢的選擇。已故的哈佛大學經濟學教授高伯瑞（John Kenneth Galbraith，一九〇八～二〇〇六）說：「錢是奇怪的玩意兒；如同愛，它是人類喜樂最大的泉源；卻也如同死亡，是人類焦慮最大的來源。」慈悲使人找到人生的目標，智慧使人知道如何達到目標。以智慧使錢，錢將不再奇怪。史懷哲說：「尊重生命包含：一切愛、奉獻、對苦樂的同感，以及同心協力之類的東西。」對他人痛苦隨手幫助，是人所能到達的最高境界。未行之善，其過不下於偶行之惡。人嚐過行善的快樂後，會一直想再重溫相同的喜悅。

當然，種樹的人往往來不及乘涼，但十六世紀宗教改革家馬丁．路德的信念很值得參考：「就算明天世界末日，我今天仍要種下葡萄。」就是因爲只要播種，必可期待來日生根、發芽、茁壯、開花、結果。

「落地爲兄弟，何必骨肉親？」我種的樹，我不一定要乘涼。最後以一個我很喜歡的故事來收尾：

某天，國王正散步著，看到一位老人在整地，準備栽種蘋果樹。

「如果你年輕時多做點，老人，」國王說：「你就不必這麼老還要這麼辛苦了。」

「我年輕和年老的時候都工作。」老人笑著回答。

「你幾歲了？」國王問。

「一百歲。」老人回答。

「一百歲！你還種蘋果樹！」國王笑了，「難不成你還指望吃樹上的蘋果嗎？」

「如果我配，我會吃到的。」老人很堅定的說，「但是如果我不配，就像我的父親為我種樹，我也為孩子們種樹。」

27 當無能爲力時

一九九二年諾貝爾和平獎得主，瓜地馬拉基切族的莉戈貝塔．曼楚（Rigoberta Menchú）女士說得好：「當我們面對絕境中的希望時，這世界不需要旁觀者，需要的是行動者。」

如果行動也無濟於事呢？

詩人布倫塔諾（Clemens Brentano，一七七八～一八四二）說：「如果你不能給窮人什麼，你可以爲他們祈禱。」

對於你無能爲力的事，一定是懊惱、悔恨、遺憾、自責，只剩下一件唯一可做的事，就是祈禱——停止負面情緒的擴大，集合善的力量。

二〇〇七年，澳洲發生嚴重乾旱，總理霍華德呼籲人民每天早晚各祈禱一次，求老天下雨；不久，維多利亞州西北眞的下雨！

忽然想到曹植（一九二～二三二），以及他對朋友遇害無能爲力的悲憤〈野田黃雀行〉

詩：

高樹多悲風，海水揚其波。
利劍不在掌，結交何須多。
不見籬間雀，見鷂自投羅。
羅家得雀喜，少年見雀悲。
拔劍捎羅網，黃雀得飛飛。
飛飛摩蒼天，來下謝少年。

這首詩大約作於曹丕繼位之初，據《三國志》：曹植好友楊修因「頗有才策，而又袁氏之甥」，被曹操所殺；曹丕稱帝後，又將曹植好友丁儀、丁廙兄弟處死。詩中以黃雀上遇鷂鷹、下逢羅網，來比喻他的好友丁儀、丁廙被曹丕所殺。

詩的大意是說：樹大招風，海闊多浪，這兩種險惡形勢，一如官場。我手中既無權勢，何必結交朋友？徒然連累他們。黃雀急著躲避鷂子，反而投入捕鳥的網羅中。一位路過的少年拔劍割破網子，黃雀重獲自由，振翅盤旋，彷彿向少年表達謝意。我恨：「難道我連一個少年都不如？」

喪友後的悲憤，不能直言；無能爲力的曹植，只能寫下這首詩。

無能爲力，先投降。

投降最大的好處是停止負面情緒的擴大。知道什麼時候該投降，這沒什麼不對，更沒什麼不好。沒有人會因爲你走不下去而否定你。

一位記者訪問世界賭博冠軍：「什麼時候你決定賭一賭？幾成把握的時候？」賭博冠軍回答：「每件事都完全有把握？人生哪有這麼好的事？你只要有一半的把握，就賭了。」

輸就輸，別輸不起。輸不起，就破壞了遊戲規則。因爲遊戲終了，不是只有輸和贏兩種結果而已。

人們只會記住誰是贏家，不會在意他是怎麼贏的。輸了之後，輸家的表現，也是遊戲的一部分。

人一生之中，最常被自己打敗，被自己打敗的機率要比別人打敗我們的機率高得多。沒有一種失敗會讓我們一無所獲。我們會不斷追尋下一個夢想，塡補心中的缺憾。

當然，我們也沒必要勉強自己說一些什麼「沒有輸，只是沒有贏」、「結果不重要，過程才重要」之類的話。

不要太過強調一定要從失敗中學到什麼。有些人只看結局，誰管你過程多精彩？結果永遠和過程同等重要，甚至——在很多情形下——更重要。這就是爲什麼人們對成功英雄的尊敬，從來不會比失敗烈士來得少。

無能爲力，或祈禱，或投降——輸就輸，輸不起只會讓自己再輸一次；千萬不要試著忘記那不可忘記的傷痛。

「如果一個人無能爲力的時候，我該對他說什麼？」

「這是沒辦法的事。」

28

我忘記我正在衰老

英國哲學家、思想家羅素（Bertrand Arthur William Russell，一八七二～一九七〇），越到晚年，生命力越旺盛：

- ．七十六歲乘船至挪威演講，船難造成十九人罹難，他幸運獲救
- ．七十八歲得諾貝爾文學獎；並赴澳洲巡迴演講兩個月
- ．八十歲第四度結婚
- ．八十二歲出版短篇小說集
- ．八十三歲經歷大手術，恢復無恙
- ．九十二歲譴責美國介入越戰

一九七〇年，他以高壽九十八歲去世。試著從《羅素回憶錄》尋找他如此驚人生命力的

祕訣，他說：

沒有時間想到自己已老，我想這正是保持青春最適當的祕訣，假如你有多方面的、熱烈的興趣和活動，對這些興趣和活動你依然能有所貢獻，你就自然而然不會去考慮統計學上的年齡，也不會去想到來日短暫。

請特別注意羅素所謂的「沒有時間」想到自己已經老了，關鍵就在於「熱烈的興趣和活動」，說穿了似乎很簡單，不過就是所謂的「轉移注意力」。不只可以用在遺忘「變老」這件事，也可以用在遺忘悲傷、痛苦。但是，很多人不會轉，或是轉了一半，依舊痛苦，原地打轉。原來並不簡單，因爲牽涉到一個更重要的技術關鍵：對生命的狂熱。

忽然想到曹操（一五五～二二〇）。還有他的那首〈龜雖壽〉：

神龜雖壽，猶有竟時。
騰蛇乘霧，終爲土灰。
老驥伏櫪，志在千里。

烈士暮年，壯心不已。
盈縮之期，不但在天。
養怡之福，可得永年。
幸甚至哉，歌以詠志。

曹操這首詩作於五十三歲。大意是：人總有一死，化作塵土。千里馬雖然老了，終日伏在馬棚裡，但牠的志向依然馳騁千里。有雄心壯志的人，雖然已到晚年，但他絕不悲觀消沉，偉大的理想永不泯滅。人的生命長短，不僅僅由天意決定，身心修養得好，有樂觀向上的精神，就可以健康長壽。

曹操二十歲以孝廉舉為郎，任洛陽北部校尉，從此展開仕途。在〈讓縣自明本志令〉說「設使國家無有孤，不知當幾人稱帝，幾人稱王」。這種洞察社會局勢後的豪情自負與自我評價，氣勢眞乃古今帝王罕有。

他也是不把「老」放在眼裡的人，因為追求目標的狂熱，而忘了實際存在於周遭的種種瑣事，渾不知老；當然，這沒那麼容易，還牽涉到自己的熱情夠不夠，是一桶小瓦斯、幾山的煤礦還是核子反應爐。

丁尼生曾說：「我們都已經老了，但老年有老年的榮耀，也有老年的辛勞。在一切終結之前，我們還是可以做一些高貴的事情。」其實，不一定要高貴，平凡的事，往往有最深的意義。

根據《人間福報》的報導，二〇〇九年二月二十八日，澳洲人瑞羅賓斯太太在任職的威爾斯王子醫院度過了一百零七歲生日，她在這家醫院的收發室負責收發郵件，堅持不退休。羅賓斯太太是在一百歲時應徵上這份工作的，現在她仍堅持每週二在收發室當一天義工。

四十年前，羅賓斯太太的丈夫去世，此後她一人寡居在離威爾斯王子醫院不遠的一棟房子裡，飲食起居還能自理。談及長壽之道，她將身體健康歸功於安步當車，經常步行。

哲學書《巫士唐望的世界》中寫道：「死亡一直在我們的身旁，等待時機向我們下手。」有一種人讓死亡無機可趁，像曹操、像羅素、像澳洲人瑞羅賓斯太太，死亡也拿他們沒辦法，表面上他們用「作弊」來「騙」過死神，重點是他們贏了。

人生比「誰先抵達終點」還複雜。

29

謝謝你選擇我

有一次，康德（Immanuel Kant，一七二四～一八〇四）外出散步，在街上與老朋友不期而遇。此人正與一位年輕漂亮的女孩告別。

「她是你的未婚妻嗎？」

「是啊！」朋友回答，「你驚訝我的選擇嗎？」

「不，」康德說，「正好相反，我驚訝她的選擇。」

詩人惠特曼（Walt Whitman，一八一九～一八九二）說：「我從不能解釋為什麼我會愛上一個人。」也許正解釋了心理學家榮格（Carl Gustav Jung，一八七五～一九六一）認為的，每個人心中都有一個「理想的異性心象」，稱為「內我」；事實上，人類是一種慣性動物，對愛情尤其如此。所以，沒有人能解釋愛情是怎麼形成的；換言之，輕易得來的愛情有時也會天長地久；正因如此，電影《電子情書》（You've Got Mail，一九九九）也才會有這樣的警句：「在街道上與你擦身而過的某個人，也許就是你生命中的愛。」

我忽然想起我的高中死黨。

他近二十八年來只在「國家地理頻道」看過女人胸部（他今年二十九歲），對他而言，比地球暖化更迫切的危機是絕不能以處男之身邁入而立之年。經過不斷選擇，哦，不！請容我更正，經過不斷被女人選擇，他終於有了愛侶。而他堅稱這位對他一見鍾情的現任女友，據他本人告訴我：她嘴唇厚得讓人想在上面塗芥末醬；身材像不倒翁，推都推不倒的；吃的減肥藥讓她智商變低，可是屁股沒有變小，抽出的脂肪可以再造一對雙胞胎。她喜歡唱歌，但歌聲像是手術中途醒來的病人。她唯一的浪漫是會爲他做飯，但飯比裝飯的紙盒還難吃。她也喜歡逛街買衣服，家裡衣櫃的吊桿已經被掛斷了三次。在網咖要開機結果關到別人的，還一直喊「怎麼沒開」。他得先把自己喝醉才敢跟她約會。當他開車想到要去接她，他會在車上哭起來。

或許我應該跟死黨做些瘋狂事，然後在愛情的單純荒謬裡，埋葬自己。

東晉大書法家王獻之（三四四～三八八）寫過一首小詩，風味類似南朝文人模仿江南民歌寫詩的嘗試：

桃葉映紅花，無風自婀娜。
春花映何限，感郎獨採我。

《古今樂錄》說，桃葉是王獻之的妾，王緣於篤愛，所以歌之。詩的意思很簡單：紅花映著桃葉，搖曳生姿，婀娜窈窕。春花映著無限美景，謝謝你選中我。

「謝謝你選中我！」愛情帶給我們的感受，比愛情本身更吸引人。你有沒有早上起床之後覺得活著是如此美好、每道呼吸都是美好生活的恩賜。

「妳禱告嗎？」

「什麼？」

「我禱告時，不管我說什麼，我都感謝上帝讓我擁有妳。」

愛情是所有人類情感裡最脆弱不易維持的，就算醒著談戀愛，也很難保持清醒。但愛不是一種激情，愛不是一種一時興起又快速消失的情緒。愛是一種深深的了解。不知爲何，它就是會使你感到成長、圓滿和成熟。愛賦予自由，使你更完整，愛不是佔有。

電影《春心蕩漾》（Prime，二〇〇五）最後結尾，男主角跟女主角說：「我知道我不是那麼好，但我會努力成爲妳希望的那個男人，也許我會犯錯，請妳給我機會。」

「謝謝你選中我！」如果你只有一次機會得到你一輩子想要的，你會抓住還是讓它溜走？

回答之前當然不能忽略人生的妙處：你有你的選擇，你選了對方；但對方也有自己的選擇，他會回應你的選擇嗎？

一位男性好友跟我說：「我一直在找一個完美女人。」

「你找到了嗎？」我不禁好奇。

「找到了。」

「眞的？恭喜啦！在一起了？」

「沒有。」

「爲什麼？」

「她說她在找一個完美的男人。」

30

開工作玩笑，開自己玩笑

被巴洛克建築的建築師們奉爲導師之一的米開朗基羅（Michelangelo，一四七五～一五六四），爲聖彼得大教堂穹頂——也就是覆蓋大廳中央部分的大圓頂——設計了模型，後來就是依模型完成了穹頂。聖彼得大教堂是文藝復興盛期最浩大的建築工程，但他拿到的設計費卻少得可憐。當身邊的人爲他抱不平，他卻笑說：「我爲神工作，不需太多酬勞。」

雖說工作到某一境界，已經是舉重若輕，優游自在，有點娛樂性質在內，已無須計較薪資。但未達此境界前，基本的溫飽永遠是藝術家最起碼的要求；有時候，會成爲最卑微的要求。

忽然想到阮籍（二一〇～二六三）的〈詠懷詩〉：

昔聞東陵瓜，近在青門外。
連畛距阡陌，子母相鉤帶。
五色曜朝日，嘉賓四面會。

膏火自煎熬，多財為患害。
布衣可終身，寵祿豈足賴。

阮籍四歲喪父，家境清苦，苦學成才。他的名言是「時無英雄，使豎子成名！」這首詩展現其蔑視利祿，嚮往清貧的胸臆。大意是說：聽說以前作過東陵侯的邵平，在秦滅亡後淪爲平民，就在長安城東附近種瓜爲生。瓜田一片一片，瓜果累累相連，甜瓜成熟之日，苦盡甘來之時，吸引四面八方而來的賓客，於是種瓜者也隨之名揚四海。油類可燃，卻被來點火，一個人錢財越多，越容易招來災害。能讓自己平安一輩子的，應該是安於清貧的心。官場受寵，厚祿加身，難道能倚賴一輩子嗎？

安於清貧並不容易，除非像米開朗基羅一樣，做的是自己最喜歡也最擅長的事，才可以不計較「厚祿」；事實上，一說到工作，眞正使我們心中不平的，不是別人的工作帶給他們財富或好運，而是自己想做什麼都做不起來，想做什麼都不高不低，想做什麼都不對勁。

別再心中不平了，趕快想想自己能做什麼。

《晉書》說阮籍「屬魏晉之際，天下多故，名士少有全者，籍由是不與世事」。他對司馬氏集團不滿，在政治上傾向於曹魏皇室。但同時又感到世事已不可爲，於是聰明的他採取明哲保身的態度：或閉門苦讀，或遊山玩水，或大醉不醒，或閉口不言。司馬氏多次派心腹鍾會探阮籍口風，阮籍都裝醉獲免。司馬昭本人也曾數次見他，故意請益政見，他天南地北亂扯一通；司馬昭還想與阮籍聯姻，他直接醉六十天，大搞破壞。

阮籍眞是高手，自娛避世的高手。當工作自己找上門，阮籍不僅不需酬勞，連工作都不屑了。

工作到了米開朗基羅的境界，不止可以不計較酬勞，也可以狂野、更可以瘋狂。你的瘋狂有時和你的正常同等重要——看看阮籍，不難明白。

我們都有這樣的經驗：覺得薪資與努力不成比例，自己的心血似乎很廉價。你可以學米開朗基羅的灑脫，或乾脆學阮籍。莫泊桑說：「人生並不如想像的那麼美麗，亦不如想像得那麼醜陋。」快樂從不會因爲你追求快樂而獲得，爲了感受眞實人生，有時必須遭到痛苦。生命充滿了小小的失望，人生就是一種不斷和外界妥協的過程。妥協不了，就自娛娛人吧！依照世俗標準，自娛娛人的作法很不合乎邏輯，但問題就在人生很多事偏偏跟邏輯無關。

人生常常有這樣的情況：想忘掉的那一部分，剛好就是自己最喜歡的那一部分。開工作玩笑，開自己玩笑，會比較快樂、比較沒那麼痛苦。

痛苦則易怒。易怒是弱者的特質之一。別再氣了，長大就該知道，這世界並不在乎你的自尊。輕鬆一下，開自己玩笑，開工作玩笑。

六朝

鏡與人俱去，鏡歸人未歸；
無復嫦娥影，空留明月輝。

31

女人的妝與不妝

英國《泰晤士報》（*The Times*）曾報導：女人一生平均花六百零三天擦上睫毛膏、腮紅、口紅和眼影，然後再花一百七十天卸妝。美國的統計則是：一個女人一生花在化妝的時間約爲兩年。

人要衣裝，佛要金裝，女人要彩妝。別以爲女人沒事找事做，就是這些美麗新鮮事，帶給我們紓壓解憂，無限光采與樂趣。

我不同意女爲悅己者容，把自己打扮一下，那是一種感覺，心情會變好，明顯感到自己整個人改變了，那種感覺眞的很棒。爲什麼一定要爲喜歡自己的人打扮才是件高興的事？什麼是都爲別人而做，爲別人而活，這樣豈不是太辛苦？

但是，如果化了妝，只有黯淡與悲苦呢？

侯夫人，生卒年、籍貫不詳，《古今詩話》說她是隋煬帝宮女，因一直未能見幸，最後自縊而死。她的一首小詩：

妝成多自惜，夢好卻成悲。
不及楊花意，春來到處飛。

化好妝，自覺可憐；做好夢，醒來徒增傷悲。命運還不如那春天一到就可以到處飄蕩的楊花。

成語「水性楊花」對女性最負面的評價，但她竟願意自比楊花，可見深宮哀怨情愁。

也有不喜歡妻子化妝的。據《後漢書．逸民傳》，後輩平凌人梁鴻，字伯鸞，娶同縣孟氏女爲妻。剛結婚時，他的妻子很愛打扮，他看不慣，一連七天不跟她說話。他的妻子便換了衣服，把頭髮隨便束成一個椎子形的髻，他一見大喜道：「這樣才是梁鴻的太太啦！」

當然也有不用化妝的。不是因爲天生麗質，張愛玲〈我看蘇青〉：「有一次我和朋友談話之中研究出來一條道理。駐顏有術的女人總是：一、身體相當好；二、生活安定；三、心裡不安定。因爲不是死心塌地，所以時時注意到自己的體格容貌，知道當心。」

不用化妝的另一原因，是不想跟〈賣柑者言〉裡的柑橘一樣。這則寓言是說：

杭州有個賣水果的商人，很會貯藏柑橘：就算經過一年，取出來之後，不但無一腐爛，而且個個是黃燦燦、亮晶晶；外皮如玉，光滑細膩，拿到市場賣，就算把價格提高十倍，人們還是搶著買。

我買到一個，剛剝開，就好像有一股霉氣直撲口鼻，再看裡面，都已經乾枯得像破棉絮了。

努力充實內在固然可佩，但化妝的加分作用也無法否認。我朋友的比喻讓人印象很深刻：

「你開車嗎？」朋友問。

我說：「是。」

「你聽音樂嗎？」

「是。」

「你開車時聽音樂嗎？」

「會。」

「聽到好聽的音樂，喜歡的音樂，你會不知不覺踩油門？」

「會。」

這種加分作用在職場尤其有利。亞里斯多德（Aristotle，前三八四～前三二二）曾說：「個人的美貌，是比任何書信都要好的介紹。」一項研究中發現，在其他條件一樣（學歷、資歷、工作能力）的情況下，外貌較有吸引力的人群可以比外貌平均的人多賺取百分之五的收入；而外貌平均的人，可以比外貌較欠缺吸引力的人群多賺到百分之五至十的收入。

擁有姣好的外貌是長處，當然可以截長補短。專家研究結果顯示，外貌姣好者無論面試、薪資、升等條件都相對較多。但須注意：外表不會給別人力量，只有厚實的內在才能醞積力量，發揮力量。關於力量，不但要用盡自己的，也要用到所有你能利用的。平時醞積，實力內隱，終有一日外顯。美國一位退休的海軍上將說：「在我服役美國海軍的四十年間，有三十六年暈船，其餘四年，是當我在海軍官校學校讀書時。」暈船的將軍還是將軍，不暈船的小兵還是算小兵。如果將軍只會喝叱發威，金玉其外，敗絮其內，沒有統馭的實力，外表再怎麼威嚴，又如何服眾領眾？

有一種東西比我們的面貌更像我們，那就是我們的表情，還有另一種東西比表情更像我們，那就是我們的微笑。

32

潛龍隨想

文學名著《烏托邦》（*Utopia*），批判尖銳，想像豐富。作者湯馬斯·摩爾（Thomas More，一四七八～一五三五）一五〇四年被選爲議員。他曾因反對英王亨利七世而使父親受到牽連下獄，但摩爾不爲所屈。一五三四年亨利八世強迫議會以法令形式宣告自己是英國教會首領，摩爾拒不宣誓，完全不合作。亨利下令逮捕摩爾，處以叛逆罪。摩爾遂於一五三五年七月六日被送上斷頭台。在上斷頭台的時候，摩爾對行刑者說：「我的鬍子沒有犯罪，請勿切斷我的鬍子。」於是撩起他的一把大鬍子，引頸受戮。

忽然想到嵇康，那超拔的才華和自在的處世風格，最終卻爲他招來了禍端。

嵇康藐視聖人，提出「非湯武而薄周禮」、「越名教而任自然」，深深刺痛了統治階級的要害；此外，他痛恨官場，司馬昭曾想拉攏嵇康，但他傾向皇室，對於司馬氏採取不合作態度，因此頗招忌恨。於是，在小人誹謗、奸人仇視的雙重夾攻下，西元二六二年，司馬昭下令將嵇康處以死刑。

顏延之（三八四～四五六）爲嵇康惋惜，他的〈嵇中散〉詩：

中散不偶世，本自餐霞人。
形解驗默仙，吐論知凝神。
立俗迕流議，尋山洽隱淪。
鸞翮有時鎩，龍性誰能馴。

嵇康本來就是仙人，故不能諧於人間。他被殺其實是屍解，他早已默默登仙而去，從他的談吐和著作也可以看出他是仙人。處於俗人之中，言行舉止與世俗流行的一般看法不同，卻與隱士高人互動融洽，處處契合。神鳥即便慘遭殺害，牠的靈性和龍性絕不是任何人可以馴服的。

「龍性誰能馴」，究竟何謂「龍性」？如果外在環境不允許，有龍性的人該怎麼做？該不該當「潛龍」？答案在《易經》。初九爻辭說：「潛伏的龍，暫時不要有所作爲。」意思是說，像龍一樣具備剛健的德性而隱藏不露光芒的人：

一、他們不會因世俗的影響而改變志節
二、也不汲汲成就功名
三、避世隱居而不覺苦悶
四、不爲世人所稱許也不感到苦悶
五、內心感到快樂的事就去做
六、內心感到憂煩的事就不做
七、保持堅定貞正、不可動搖的意志

這就是「潛龍」的意義。但對眞正的潛龍而言，「我一生除了背負那沉重的十字架，別無其他。」這世界有許多獨特的人，他們到哪裡都找不到舞台，到哪裡都格格不入，揮空棒，沒有發揮才華；於是退守在自己的一片天地。

他們是不爲世所容，不被人所懂，不受人所愛，卻引領世人前進的，一閃即逝的彗星。

33

全神貫注才是王道

法國雕塑家羅丹（Auguste Rodin，一八四〇～一九一七）某日正忙於工作，忽有訪客。他熱情出門把訪客迎進工作室，進門以後，他覺得從這個角度看塑像不夠完美，於是又動手修改，這一改就是三十多分鐘，他才滿意地放下工具。回頭一看，客人還在！這時才想起客人被晾在一邊，他爲自己的失禮感到十分抱歉。這位訪客卻說：「先生，你的行動教了我最珍貴的道理：人生任何工作，如果要做得好，就是要這樣。」

這是專注到忘了客人，還有人專注到忽略了女兒。〈琅邪王歌〉（《樂府詩集》載）：

新買五尺刀，懸著中梁柱。
一日三摩娑，劇於十五女。

新買的刀掛在中庭的梁柱，一天之中，總要多次摸摸它，自己十五歲女兒也沒這麼勤快親近吧。此歌寫愛刀之專注更甚於愛女，當時北方尚武風氣之盛，由此可見。

馬克．吐溫說：「在世上，享有一點點無害的小樂趣，是有益身心的好事：這能強化人的身體，讓人像個人，防止人變得刻薄。」但是，當「一點點無害的小樂趣」被灌以相當的時間和精力，對一個人將產生無可言喻的重大影響。《莊子．達生》的故事：

梓慶刻削木頭做樂器，做成後，看過的人都非常吃驚，以爲是鬼斧神工。

魯國國君見了便問他說：「你用什麼妙法做成的呢？」

梓慶回答說：「我不過是一名工匠，哪有什麼妙法？不過，有這麼一點要訣：在開始之前，不讓自己精神耗在別的地方，收攝心情，完全齋戒，讓心清靜。齋戒三天，就不想什麼喜慶、獎賞、官爵、俸祿；齋戒五天，就不想什麼批評、誇讚、巧妙、笨拙；齋戒七天，就一動不動，忘掉自己。此時只專心技巧，全神貫注；外界騷擾，全不存在。然後才進入山林，觀察大自然中鳥獸的天然形狀，一旦有所得，看到像樂器形狀的木頭，活靈活現像眞的鳥獸，然後才動手加工，否則就不做。那麼，用自己的自然心性去迎合鳥獸的自然身形，製成的樂器自然而然凝聚了天然神韻，大概就是這個道理吧！」

這則寓言正說明了有效率地達到成功的五個階段：

第一階段是把心完全靜下來，從靜中生智慧，在靜中醞積力量，做好一切必要準備。

第二階段是不讓追求成功過程中的任何獎賞擾動平靜的心，影響應有的技術水平。專注在原本的技術層面，不存得失心。

第三階段是忽略技術層面的缺點，一方面不讓缺點再繼續擴大；另一方面讓原有的優點更能發揮，達到超水準演出。

第四階段是連自己的技術到哪一水平都不計較，完完全全把自己放空，讓自己在「空」的狀態之下發揮技術；讓優點發揮得更自然，也更得心應手。

第五階段是一切自自然然，順勢而爲，把心配合環境，而不是要求環境來配合自己。成功凝聚了時勢，時勢有時候也是可以自己創造的。

一個人的性格不僅表現在他做什麼，而且表現在他怎麼做。有此心，且有此能力，當然要全神貫注，盡全力去做。

34

表達不滿要優雅

馬克·吐溫有一次坐火車要到大學演講，但火車開得很慢，他心裡很急。

查票員來了，馬克·吐溫拿出一張兒童票。查票員仔細看了看，「眞有意思，我實在看不出來你是一個孩子。」

「我現在當然不是個孩子，」馬克·吐溫說，「我買票的時候是。你知道，火車開太慢了。」

這是小說家優雅地表達不滿，來看詩人表達不滿也很優雅：

德國詩人海涅（Heinrich Heine，一七九七～一八五六）是猶太人，有一段時間，他在公共場合常遭到莫名的侮辱和攻擊。有一天，在一場晚會上，有名不懷好意的男子對海涅說：「我發現了一座小島，島上竟然沒有猶太人和驢子！」海涅看了他一眼，很認眞地說：「看來，只有你我一起去那座島上，才能彌補這個缺陷。」

如果是女生要優雅地表達不滿，那就更有意思了，南朝民歌：

張罾不得魚，魚不櫓罾歸。
君非鸕鷀鶿，底爲守空池。

男女一次約會未遇，女方懷著惋惜的深情，並以幽默逗趣的口吻表達不滿：「撒開的網沒有捕到魚，拿一張空網回去，很有意思嗎？」

詩中提到的「鸕鷀」，又稱「魚鷹」，因牠善於捕魚而得名。漁夫常將鸕鷀的脖子上套上圈圈，當牠捕到魚後，因脖子上的圈圈卡著，鸕鷀不會把魚給吞下肚。漁夫便將鸕鷀嘴中的魚拉出來，拿到市場賣。

哲人說：「我生朋友的氣，可是一旦我把憤怒說出來，怒氣便止息了。」只是，憤怒該怎麼「說」才止息得比較快，實在是一門學問。

學問並不意味著你必須刻意去學，鳥事遇多了，被人磨慣了，自然會。

你在生氣？那表示是你受傷了。生氣的形式有很多種：你是憤怒、激動、自責，還是罪惡感？

兩個互相指責的人，只看到對方的缺點，看不到自己的盲點，無異於盲。對現實情形的改善沒有任何助益。兩個互相討厭的人，盲點更大。要指責或討厭一個人，永遠不愁找不到藉口，當你想到有一天，無論是兄弟姐妹、同事同學、親戚朋友都要分離，也許這一生再也見不到面的時候，你就會多一點點愛去包容，以免留下悔恨，不要動不動就兩個人再也不說話。

不管我們幾歲，總有無數的新事物要去學，也會記取一些教訓。所以如果你找不到對方的弱點，錯不在你，記取教訓就好；如果你找不到自己的弱點，錯誤在你；所以，千萬別做後悔的事證明自己很勇敢，因爲我們幸福與否，主要取決於面對生命中許多事件的方式，而非事件本身。

生活是分階段的，我們往回看才會發現自己是多可笑；或，更重要的是，成長了多少。

35

偶像隨想

一次，卓別林（Charlie Chaplin，一八八九～一九七七）乘坐紐約地鐵回家後，發現大衣口袋裡有塊金錶，便把金錶送到警察局。翌日，他收到匿名信：「親愛的先生，昨天我在地鐵撿到一塊金錶。但一看見你，就決定把它送給你，因爲我很崇拜你。」一年後，警察局仍未找到失主，便把錶退還給卓別林。報上刊載這消息後，卓別林又接到匿名信：「一年前我坐地鐵，金錶掉了，看了報紙，才知在你那裡，讓它留在你身邊吧！卓別林先生，我更是你非凡天才的狂熱崇拜者，所以特寄上金錶的鍊條，請笑納。」

這是名人的權利——被崇拜、被矚目。

忽然想到周弘讓（約四九八～五七七）的〈留贈山中隱士〉：

行行訪名岳，處處必留連。

遂至一岩里，灌木上參天。

忽見茅茨舍，暖暖有人煙。
一士出開門，一士呼我前。
相看不道姓，誰知隱與仙。

詩的大意是說：我喜歡走訪名山大岳，興之所至，流連忘返。有一天無意間我走到一個不知名之處，岩石累累，灌木參天。忽然間，看到眼前一間茅舍，炊煙裊裊，好像是有人住的樣子。門開了，一位隱士般的人走出來，另一人招呼我向前。我看了他們一眼，就知道他們也不是俗人，所以自我介紹這種繁文縟節就省了，一看知心，會心一笑，誰是隱士誰像神仙，又有什麼重要呢！

被崇拜的名人，有時互見，亦有惺惺相惜之感。馬克．吐溫說：「眞正偉大的人會讓你覺得，自己也可變得偉大。」那是因爲偶像的人品典範對一般人產生潛移默化的影響；然而，也有人全無偶像崇拜情結。尼采說：「偉人對我而言毫無意義，我只欣賞自己理想中的明星。」

不管如何，你的注視，使你的偶像重新誕生一次。

但人很奇怪，別人一注意自己，自己就開始不自在。人們有時會因爲別人的嚴厲批評而失控，但比失控更糟的是，因別人懷疑的眼光而害怕碰壁，停住不前。

這就是偶像的自我調適。要做到完全自在，也不難。要會「裝聾作啞」：聽不見別人的惡意批判，也不回應無聊的攻擊。而且要聾而不聾，自己發出振聾發聵之音；啞而不啞，自己可以說出啓發別人的話。這才是偶像的社會責任。

而發震聾發聵之音，說啓發別人的話，要靠平日的累積，非常踏實的累積，只有自己具備實力，才不會常常覺得不自在。覺得不自在，那是自信心不足。

「具備實力」包括知識上的廣泛閱讀，也包括品行上的注重自我品德。還要專注人生目標，眼光放遠，不被眼前的小事干擾內心的平靜。

看來，身爲偶像，且身爲成功的偶像，著實不易。最高境界，我想，就如魯迅《兩地書》裡說的：「在生活的路上，將血一滴一滴地滴過去，以飼別人，雖自覺漸漸瘦弱，也以爲快活。」

36

烽火兒女情

一七八八年六月，歌德（Johann Wolfgang von Goethe，一七四九～一八三二）回到威瑪。他辭去一切職務，只擔任劇院監督，並兼管礦業。同年七月，與二十三歲的製花女子克里斯蒂安娜同居。歌德多情多才，愛情故事很多，但他直到五十七歲才結婚。這時卻遇上普法之戰，一八〇六年十月十四日深夜，兩名法軍硬闖入歌德宅中，情況危急。幸而他多年戀人克里斯蒂安娜在旁，鎮靜不亂，急急呼救，驅離那兩名士兵，才暫時解危。經此變故，歌德就於十九日與克里斯蒂安娜成婚，可是婚戒上刻的日期卻是十四日，以紀念那夜的驚變。

忽然想到另一則成語典故：破鏡重圓。

南朝時期，亡國之君陳後主的妹妹樂昌公主，嫁給徐德言。陳末，隋文帝在長安建立政權後，爲完全統一天下，令楊廣揮軍南下。陳後主聞訊後卻仍自視長江爲萬無一失的天險，高枕無憂，夜夜笙歌。徐德言知陳國必破，對妻子樂昌公主說：「妳才華過人，容貌絕倫，如此內外皆美佳麗，國亡後必會被擄入權豪之家，我們可能緣盡於此；但是，如果情緣未斷，天可憐見，妳我有幸還能相見，請以此信物為證。」於是，徐德言打破一面鏡子，與妻子各執一半，作為日後相見信物。徐德言還說，「以後可於正月十五日在市坊賣半面鏡子，那麼，妳我或許仍有再見之日。」

陳亡，兩人很快失散了。樂昌公主被隋大臣楊素所得，大受寵愛。後來，徐德言輾轉流落到長安。正月十五這一天，他來到市坊，忽見一老人拿著半面鏡子，高價叫賣，徐德言驚呆了，立刻拿出自己的一半鏡子，相合。於是他作詩一首：

鏡與人俱去，鏡歸人未歸；
無復嫦娥影，空留明月輝。

原來這老人是侍奉樂昌公主的僕人，他把半面鏡子拿回去給主人看。樂昌公主看後，喜出望外，悲不可抑，悲喜交集，將原委告知楊素，楊素是君子，君子有成人之美，準備讓樂昌公主和徐德言破鏡重圓。於是楊素設下酒宴，酒過三巡，菜過五色，楊素請樂昌公主作詩，公主就寫下了這首詩：

今日何遷次，新官對舊官。
笑啼俱不敢，方驗作人難。

對樂昌公主來說，這眞是最痛苦的兩難：「新官」是她的現任丈夫楊素，「舊官」是原來丈夫徐德言，如果她因爲與徐德言團圓而開懷大笑，未免太不給楊素面子，更何況是楊素有成人之美，才使他們夫妻團圓；但如果她哭哭啼啼，是否表示她捨不得離開楊素帶給她的榮華富貴？這樣又置徐德言於何地？

這種團圓，代價太大，等待太久，過程太磨人。這種亂世愛情爲何動人？百聽不厭？

看看身邊的情侶，兩人相愛，如果在平時，海誓山盟，天長地久都很容易；但是，一旦經濟壓力排山倒海而來，或是因爲就學、就業而分隔天南地北，多少情侶就這樣永遠分開了。

在一個人最脆弱的時候，還能相信過去相信的，還能堅定信念嗎？多少永不分離，多少兩心相許，在烽火連天裡化作灰燼，在人世滄桑裡成爲烏有。成熟點，愛情沒有時間等你成長，它不是母親，沒有耐心也沒有仁慈。走過現實人生最殘忍考驗，才有資格擁有眞愛，永恆的眞愛。

37

遠距朋友始清晰

阿拉伯裔美國詩人紀伯倫（Khalil Gibran，一八八三～一九三一）說：「和朋友分手時，不要悲傷。因爲你最愛的那些美質，在他離開你後會更鮮明，就好像爬山的人在平地上遙望高山，那山顯得更清晰。」

來看南朝沈約（四四一～五一三）爲了一位被摧殘的卓越朋友而鳴不平的詩篇。這位朋友不止與他分手，而且是永永遠遠分離了。〈傷謝眺〉：

吏部信才傑，文鋒振奇響。
調與金石諧，思逐風雲上。
豈言陵霜質，忽隨人事往。
尺璧爾何冤，一旦同丘壤。

沈約少貧困，但苦讀自勵，博覽群書；他的朋友謝眺，才思超拔，想像飛動，文采與人品俱佳。

謝眺死在齊永元元年（四九九年）。當時明帝剛死，寶卷即帝位，江祐暗中策畫廢帝，立始安王蕭遙光。而謝眺拒絕參與其事，遂遭陷害，死時年僅三十六。

沈約寫詩感嘆惋惜：我親愛的朋友！不畏強權，盛年卻死於非命，教人無比沉痛，稀世珍寶被埋沒，一代奇才被犧牲，多冤枉！多令人扼腕！多令人痛心疾首！

難道眞要等到朋友遠離，距離越遠，反而越看得清朋友的好？

叔本華給了很好的提點：「我們的生活風格，就像一幅油畫，從近看，看不出個所以然。要欣賞它的美，就得站遠一點不可。」

最美的特質，朋友遠離才得見；逆向思考：有時朋友遠離，你才認清他最卑鄙醜陋的一面；不過，那時可能你已損失很多。

「我決定不理你了。」

「好吧。」

「你不想知道為什麼嗎？」

「我相信你的判斷力。」

一定要等朋友不在身邊才看得清朋友的好或壞嗎？

未必。

《淮南子》裡提到非常好的觀人之法：

一個人富貴了，就看他行爲舉止是不是趾高氣揚；

一個人有錢了，就看他能不能施捨財物；

一個窮困的人，看他不接受什麼；

一個地位卑下的人，看他不做些什麼；

看一個人經過磨難，才知道他勇敢與否；

在一個人狂喜的時候，看他的操守；

委託他看管財物，看他是否有仁德而不動心；

使他害怕，考驗他的節操。

從這幾個角度去觀察一個人，可以說是很完備了。心中有個譜，互動起來絕不難；然而，關於交友，永遠有個難處：比你強太多的人，他不屑和你成爲朋友；比你弱太多的人，你又不屑和他成爲朋友；所以你的朋友都是和你差不多等級的。那試問：等級差不多，你如何進步？

想起上次去看一位朋友，他是退休教師，桌上有自製的座右銘：

不知己之無知，此乃蠢才，避開他。
知己之無知，此乃率眞，教導他。
不知己已知，他睡著了，喚醒他。
知己之所知，聰明人，多與他互動。

朋友應是一個有同情心的傾聽者，一個可以哭著倚靠的肩膀。把你自己完完全全放開，把自己交給另一個人，如果你能學到這種深層信任，它會改變你。所以有人主張，與朋友在一起，不要忘記獨處時自己的想法；獨處時有了自己的想法，不要忘記與朋友分享。這種一起成長，就是齊白石說的「君無我不進，我無君則退」的完美境界。

「與其希望結交一個可靠的朋友，不如使已經結交的朋友可靠。」

「怎樣使已經結交的朋友可靠？」

「自己先可靠。」

38

九十九分的一百分

發明大王愛迪生在密西根州有間實驗室，燬於大火。他的好友汽車大王亨利．福特以一千萬美元重建。落成後特地請愛迪生去看看，是否與原來的規模完全相符。

愛迪生看後，對福特說：「你蓋的完美程度達到百分之九十九點五。」

福特聽了很高興，順便問：「那所缺的百分之零點五是什麼？」

愛迪生說：「實驗室從來沒有保持得這樣乾淨。」

科學家要求精準，但愛迪生卻不求百分之百。有如此智慧，我無以名之，可謂「完美的一百分是九十九分」。

進一步說明，來看〈世說新語〉的故事：

晉代王子猷居山陰時，一日大雪，半夜睡醒，打開房門，叫僕人斟酒。極目四顧，但見月光皎然。隨口唸了一句左思〈招隱詩〉，念到「杖策招隱士」這句時，又忽然想起隱居在剡溪的戴安道。他立刻乘小船出發去看他。花了一整晚才到。可是到了門口，他不進去，就回家了。人們問他爲什麼，他說：「我本趁著好心情，興致一來就出發了，現在盡興而返，又何必見到戴安道呢！」

一般世俗的眼光，深夜大雪，一定要見到故人才算一百分；但是對王子猷來說，興之所至，隨心出發，盡興而返，當然是一百分。

南朝詩人庾信（五一三～五八一）似乎未能領略這種「九十九分的一百分」，他的〈梅花〉詩：

當年臘月半，已覺梅花闌。
不信今春晚，俱來雪裏看。
樹動懸冰落，枝高出手寒。
早知覓不見，眞悔著衣單。

詩的意思是說：過去在南方，氣候溫暖，所以臘月中旬，梅花都已經快開完了；現在已是深春，因覺得北方天氣寒冷，遂選在此時外出看梅，期待可以看到梅花；但是，看到梅樹上還掛著冰雪，哪來的梅花呢？早知道無梅花可看，天氣又如此寒冷，應該多加件衣服。

一定要看到梅花才算一百分嗎？就算沒有看到梅花，以整個過程而言，包括期待、出遊、梅樹、冰雪，都無一可稱道？全無收穫？

忽然想起蘇東坡。

這種才情豪邁千古之奇人，一定懂「完美的一百分是九十九分」的妙理；果然，在他的〈上元夜遊〉：

> 己卯年農曆正月十五，我蘇東坡在儋州，有幾位老書生過來招呼我說：「月夜如此之好，先生想不想一起出去呢？」我欣然同行。步行到了城西，進入僧舍，走過小巷，各地的百姓聚居一起，生活井然有序。回到家中已經三更了。家裡的人閉門熟睡，睡得很酣甜。我放下拐杖，不禁笑了笑，什麼是得，什麼是失呢？我的小兒子問我笑什麼，大概是自己笑自己吧！然而也是笑韓愈沒有釣到魚，還想要到更遠的地方，卻不知道在海邊的人也未必能釣到大魚啊。

對蘇東坡來說，美好月夜，與友出遊，就是一百分；韓愈想要一百分，越走越遠，未必能如願一百分啊。

九十九分的一百分，九十九分不再只是九十九分；而那一百分，卻比一百分更一百分。

39

請記住我最美的樣子

拿破崙最鍾愛的二妹寶琳．波拿巴（Pauline Bonaparte，一七八〇～一八二五），活潑靈動，是姐妹中最漂亮的，據說她留下的臨終之言是：「我過去一直都很美。」

忽然想到王昭君。

漢元帝後宮，美人如雲，但無暇也不可能一一召見，就令畫工描繪美人形貌，再根據畫像挑選中意的。後宮美人爲了提高讓皇帝臨幸的機率，紛紛行賄畫工，金額多的達十萬文銅錢，少的也不下於五萬文。只有王昭君冷靜如常，沒有賄賂畫工，於是一直無緣見皇帝。後來匈奴來漢宮朝見，求大漢賜一位美人作他們的皇后。元帝一一審察美人畫像，決定以王昭君遠嫁匈奴。王昭君見召那日，元帝看到本人，跟畫像完全不像，驚爲天人，腦壓急升；再看她應對如流，識見卓越，進退婉儀，氣質出眾，實在是人中異寶。元帝後悔了，但送往匈奴的美人名單早已經確定；漢朝是大國，大國最重信用，元帝再不捨美人也不敢砸頭上的招牌，只好注重信義，不再換人。

元帝發火，發火的皇帝一定要殺人發洩怒火。他下令徹查畫工「醜化」王昭君的事，畫工們都被當眾處以極刑，暴屍荒野；抄家時造冊，畫工個個家藏鉅款。其中著名的有杜陵人毛延壽，畫人像，無論美醜老少，畫得逼眞異常，宛在眼前；安陵人陳敞，新豐人劉白、龔寬，畫牛馬飛鳥，栩栩如生，活靈活現；下杜人陽望也擅長繪畫，尤其長於著色，還有樊育也長於著色。這些畫工在同一天被處死於鬧市。京城裡的畫工，從此以後就較少了。

陳昭〈昭君詞〉詠懷這位驕傲的美人：

跨鞍今永訣，垂淚別親賓。
漢地行將遠，胡關逐望新。
交河擁塞路，隴首暗沙塵。
唯有孤明月，猶能遠送人。

昭君辭漢，跨鞍上馬，淚滴香衫，告別親賓。家鄉越來越遠，映入眼簾的卻是胡地關塞。塞外煙塵，黃沙滾滾，天昏地暗，怵目驚心。昭君入塞後，舉目無親，獨有明月，夜夜相伴。

我想到一個有趣的問題：王昭君獨處異域，無親無故，只有孤寂。會不會後悔當初沒有賄賂畫工呢？

先說漢朝李夫人的故事。漢武帝的李夫人病重，武帝床前探訪，李夫人以棉被蒙著面說：「妾病久，蓬頭垢面，不能見皇帝。只求您照顧妾的兄弟和兒子。」武帝傷感地說：「現在說這話，不嫌太早了嗎？」夫人說：「女人沒有梳妝，不能見丈夫，我自然更不能見皇帝了。」武帝堅持要見李夫人，李夫人轉過身去，不再理睬。武帝很不高興地走了。

李夫人的姐妹都責怪她：「妳怎麼可以這樣對待皇上，使他這樣失落？」李夫人說：「凡以美色侍奉別人而受寵愛，一旦年老色衰，別人的愛戀也一定會停了。當不再愛戀，情、恩、義也就都斷絕了。今天皇上還能對我如此依依不捨，正是因爲我的貌美。但我這副病容假如被皇上瞧見，只會讓他心生厭惡，更加反感。那，我死後，他還會追念我而善待我的兒子、兄弟嗎？我不讓他見我，正是爲了長遠地把他們託付給皇帝呀！」後來李夫人死後，武帝果然長久地思念她。

答案揭曉。我相信，王昭君絕不會後悔當初沒有賄賂畫工。如果她跟一般宮女一樣因賄賂畫工而被皇帝寵愛，等她容貌不再，青春遠去，她絕對無法再受皇帝青睞。正是因爲她不賄賂畫工，讓皇帝初見她之後立刻終生遺憾，扼腕連連，捶胸頓足，腦中永留昭君美麗畫面。眞正的美女，眞正聰明的美女，會把自己最美的形象、最好的一面，留在她想要對方記住的人的腦海中。她深知男人是視覺動物，深知男人會用下半身思考，而且多數男人下半身並不聰明，所以她們寧願把自己最美好的一面印在男人心裡，一旦印下，那是永遠的記憶，無法抹滅。

40

懷才不遇者的宿命

一八〇九年五月十日，拿破崙的大軍攻抵維也納城門，可是音樂家海頓（Franz Joseph Haydn，一七三二～一八〇九）還是堅持不肯撤離。當砲彈掉落附近，人們都驚慌失措，海頓卻說：「不用怕，只要我在的地方，災禍是不會降臨的。」

果然不錯，過沒多久，拿破崙就派衛兵在海頓家門前站崗。有一位法國輕騎兵還走進他的客廳，引吭高歌，唱出他所譜寫的《創世紀》第二十四曲的男高音詠嘆調，以示敬意。

海頓是極其幸運的，遇到懂得尊敬藝術家的皇帝。南朝梁文學家吳均（四六九～五二〇）因私撰《齊春秋》觸犯梁武帝，被免職。吳均家世貧賤，終生不得意，他的一些作品中也往往表現出寒士的抱負和氣概，〈詠寶劍〉：

我有一寶劍，出自昆吾溪。
照人如照水，切玉如切泥。

鍔邊霜凜凜，匣上風淒淒。
寄語張公子，何當來見攜。

我身懷寶劍，光如水精，削玉如泥。劍極鋒利，如含白霜，寒氣逼人，真正愛劍的名家，何時來取？

對他而言，連發現都尚未被發現，更遑論被尊敬。

對於懷才「待」遇的人，莊子早已有了十點中肯的建議：

一、無為為之之謂天
（任物隨性自化，不強干預，就是順應天性；）
二、無為言之之謂德
（推行無言的教化只有身教可以辦到，就是德行；）
三、愛人利物之謂仁
（發揮大愛利益眾生就是仁；）
四、不同同之之謂大
（透過萬物千差萬別的外在看到其中的玄同齊一就是大格局；）

五、行不崖異之謂寬
（形式作風不偏執詭異就是寬容；）
六、有萬不同之謂富
（不因萬物外在不同而起分別心就是富足；）
七、故執德之謂紀
（所以端正品行就是樹立綱紀；）
八、德成之謂立
（品行完美才可以己立立人，己達達人；）
九、循於道之謂備
（依循正道才是齊備；）
十、不以物挫志之謂完
（不因外在的人事物擾動心志就是完人。）
君子明於此十者，則韜乎其事心之大也，沛乎其為萬物逝也。
（第一流人物能明白這十件事，那麼內心的力量浩浩蕩蕩，沛然莫之能禦，與事物變動趨勢合一，自在無礙。）

《莊子・齊物論》又說：「形固可使如槁木，而心固可使如死灰乎？」眞正信心堅定之人，內心堅毅，沉著精進；爲了目標，一步一步；爲達理想，一點一滴，咬緊牙，忍著痛；全心全力，求仁得仁，「達」而後已。

乾康禪師在大自然中悟道，他的〈賦殘雪〉詩寫道：「時人莫把和泥看，一片飛從天上來。」雪花片片，飄入泥中，看似已盡，其實，前雪雖融，後雪再續，飄飄而下，無窮無盡。欲成就自己的理想，就一定要讓自己的毅力和戰鬥力像雪一樣，綿綿飄落，密密不斷。

這是所有懷才不遇者的宿命，振作吧！

唐

魏官牽車指千里，東關酸風射眸子。
空將漢月出宮門，憶君清淚如鉛水。
衰蘭送客咸陽道，天若有情天亦老。
攜盤獨出月荒涼，渭城已遠波聲小。

41 才也縱橫，淚也縱橫，天若有情天亦老

歌德第一次見到貝多芬後，留下深刻的印象。他說：「我從未遇過一位藝術家那樣專注、情感那麼強烈，又是那麼有活力，氣宇非凡。我可以理解他一定會覺得自己很難融入世間，深覺不被接納。」

忽然想到李賀（七九〇～八一六）。

李賀父名晉肅，「晉」、「進」同音，與李賀爭名的人，就說他應避父諱，不舉進士。韓愈為李賀抱不平，作〈諱辨〉精彩論說：「父名晉肅，兒子不可以考進士，那麼倘若父親名仁，兒子就不能作人了嗎？」鼓勵李賀應試，但賀終不得登第。後來作了三年奉禮郎，鬱鬱不平。

話說魏明帝派人到長安把銅人拆下來運到洛陽，銅人是漢武帝造的，叫作金銅仙人：銅人手裡舉著一個大銅盤，名為承露盤，意思是承接天上露水，以期喝了延年益壽。李賀〈金銅仙人辭漢歌〉寫的就是這件事：

茂陵劉郎秋風客，夜聞馬嘶曉無跡。
畫欄桂樹懸秋香，三十六宮土花碧。
魏官牽車指千里，東關酸風射眸子。
空將漢月出宮門，憶君清淚如鉛水。
衰蘭送客咸陽道，天若有情天亦老。
攜盤獨出月荒涼，渭城已遠波聲小。

漢武帝死後埋在茂陵，傳說他的靈魂還經常在晚上冒出來，看看他的舊山河，人們甚至聽到馬鳴聲，但是到了白天卻又一切如常。宮殿凋敝，畫欄桂樹，上面掛滿小花，宮殿長滿苔蘚。三百年後，魏國官員乘車，走過千里，來到長安。銅人眼睜睜地看著他們把自己拆下來，一旦出了宮門，再也不會回來。你漢武帝不是開疆拓土，威震一時，橫掃天下，不可一世嗎？怎麼現在連自己鑄的銅人都保不了呢？這時銅人好像有了靈性，流下眼淚，一如鉛水。長安道上，蘭花衰敗。啊！老天爺如果像人一樣有情的話，也會被這情景感動得變老吧！

李賀寫詩都是先有詩句，然後再定詩題的。他的寫作習慣非常獨特：每天早晨，騎著一匹瘦弱的馬出去，後面跟著一名小僕，他背著一個大袋子，把隨時寫出來的妙詞佳句丟到袋裡。

傍晚回家後，他母親總是讓侍女從大袋裡拿出李賀一天的收穫，當母親看見比平常寫得多的時候，就很不高興地說：「這孩子費盡心思，大概是要把心吐出來以後，才肯罷休的！」

這位有積極用世的政治懷抱，仕途卻屢屢困阨的奇才，曾發出「天荒地老無人識」的不平，不甘沉淪；又有「世上英雄本無主」、「雄雞一聲天下白，少年心事當拏雲」的豪言壯語。貶他的人認爲「牛鬼蛇神太甚」、「詩之妖」；喜歡李賀的人說他「天縱奇才」、「力挽頹風」。可惜一生體弱多病，二十七歲逝世。

我一直很難理解：能寫出「天若有情天亦老」這種千古名句的百世奇才，怎麼會讓自己困在「我當二十不得意，一心愁謝如枯蘭」的消沉情緒裡？

淪落平庸有千萬個原因，使人超群的理由幾乎沒有。在世上隨著眾意而生活是容易的，在獨處時順著自己的意思生活也不難，但具有絕高才華的人，能在群眾中仍然保持自主完美性格。絕高才華的人，可以憤世，更可以玩世；才華絕高的人，懂得自娛，更享受自閉。具有絕高才華的人，不在負面情緒中失去自己，進而發展他的天賦潛能，不斷去作該作的事，讓人間更美麗。

李賀沒有，所以李賀失敗，他沒有找到生命的出口，這是擁有絕高才華者最最不可原諒的一件事。唉！老天爺如果像人一樣有情的話，也會被這結局傷感得變老啊！

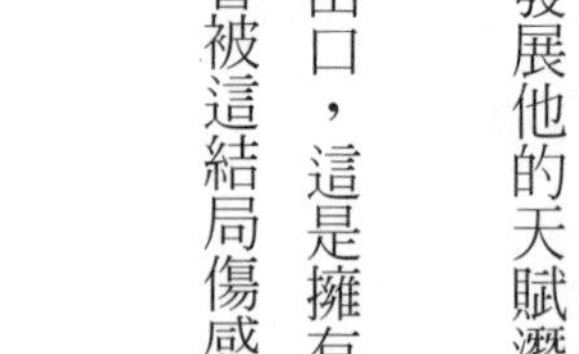

42

女人的自信與男人的自信

有一次，畫家畢卡索（Pablo Picasso，一八八一～一九七三）替一位女名作家Gertrude Stein畫了一幅畫像，可是畫得和眞人一點都不像。

有位朋友看了之後說：「這幅畫像畫得很美！可是一點也不像本人啊！」

「沒關係，」畢卡索幽默卻自信地回答說：「她會慢慢地像這幅畫中人的。」

當技術已經到了最高境界，揮灑自如，隨心所欲，那種自信展現出來的技術，就叫藝術。

這是男人的自信，再看女人的自信，薛媛〈寫眞寄夫〉：

欲下丹青筆，先拈寶鏡寒。
已驚顏索寞，漸覺鬢凋殘。
淚眼描將易，愁腸寫出難。

恐君渾忘卻，時展畫圖看。

薛媛是晚唐濠梁（今安徽鳳陽）人南楚材妻。楚材離家遠遊，潁地（今河南許昌）長官見楚材風度翩翩，文采燦燦，想把女兒嫁給他。楚材動了心，叫僕人回家拿琴書等物。女人的第六感向來很準，丈夫遠遊的女人其第六感更是準上加準，準得一塌糊塗。「善書畫，妙屬文」（見《雲溪友議》卷上）的薛媛，覺察丈夫意向，對鏡自畫肖像，並寫了上面這首詩以寄意。楚材內心疚愧，終與妻團聚。詩的大意是說：想要來幅自畫像，當然先照鏡子，但鏡子爲何「寒」？是冰涼的鏡體予人一種寒的感覺呢？還是丈夫變心在即讓自己心寒？攬鏡自照：鏡中人面容憔翠，鬢髮稀疏。思及此，淚兩行，心中千愁萬緒，更與何人說？最後畫成，叮囑丈夫：「想你大概把我完全忘光了吧，送上這張畫，讓你時時看看我。」

儘管這詩表達了女詩人柔中帶剛、身爲一位妻子面對丈夫即將變心的沉著堅毅與渾然自信，但不知薛媛有沒有想過：萬一丈夫看了自己的畫像，更加堅定了迎娶新歡之心呢？

薛媛眞的對自己的容貌很有自信，也是對「丈夫對她舊情難斷」的自信，而後者，正是維繫她婚姻的唯一力量。

或許正如作家巴金（一九〇四～二〇〇五）在《滅亡》一書裡說的：「女人靈魂深處有

一種極其高貴的東西，這是我們男子所沒有的。」生命的每一項偉大事蹟，都是以信心開始的。我們對他人的信心，多半來自於我們對自己的信心。女人千辛萬苦、千方百計想抓住男人，當她們眞想，她們就眞能。

我猜，有自信的薛媛一定在說：時間不是美女的敵人，時間是美女的代言人。時間爲女人說明了一切，時間宣告了女人的尊嚴與勝利，時間歌頌了女人。

一位男性朋友曾跟我說：「婚姻是賭局，男人賭的是自己的自由，女人賭的是自己的幸福。」是不是賭局我不知道，我只知道人生沒有命中注定，但冥冥之中必有所指引；而婚姻，就像祈禱：是過程、也是力量，具療效，又富創意。

「爲什麼兔子不怕獅子？」「因爲兔子比獅子聰明。」——這是男人的自信；「有人偷窺我。」「有什麼我可做的嗎？」「幫我把窗戶擦亮點。」——這是女人的自信。

許多人以爲女人的自信來自外貌，一位外貌姣好絕倫的女性友人曾跟我分享：「我是個漂亮的女孩。我不是驕傲，只是陳述事實。我從男生對我的反應就知道，我眞的是漂亮的女孩。不是某個角度特別漂亮，而是那種在人群中你第一個就會注意到我的那種漂亮。我不聰明也不幽默，我只是很漂亮。但是當你追我時，我不覺得我漂亮，我只是我，我知道自己除了漂亮以外還有很多東西。」

我還記得她說：「身爲美女的困擾：只有帥哥敢來追我，因爲他們認爲自己一定會成功。」——這又是另類男人的自信——她總愛抱怨男生總是把她想得很膚淺。我知道，她關心全球暖化與非洲飢民。但她眞正令我佩服的是這一段：有時她的先生會大聲對她講話，有時一些小事情也會惹她先生生氣。在這個節骨眼上，她不會發脾氣，只輕輕地對先生說：「親愛的，你好可憐！這麼容易生氣。」結果她先生反而會覺得不好意思，不再生氣了。

「妳對每件事都這麼有信心嗎？」

「好像是吧。」

「妳怎麼知道妳是對的？」

「我就是知道。」

使我們堅強的並非力量，而是那股柔能克剛、勁氣內斂的信念。

看來，還是女人的自信贏了。

43

自嘆不如不是眞的不如

一七一七年，巴哈（Johann Sebastian Bach，一六八五～一七五〇）三十二歲，有一位法國音樂家，自認才華與鋒芒蓋過他，常常破壞他的名譽。巴哈知道了以後，便向那位音樂家提議：兩人當眾比賽，看誰的本事大。比賽的方式是兩人各作好一首歌曲，在比賽當場交給對方，並立刻在風琴上演奏。

可想而知，比賽那天，群眾蜂擁而至，想看看究竟鹿死誰手，誰的實力佳。巴哈準時而至，坐在琴邊等，但等了很久，那位法國人始終未出現。原來他仔細把兩人能力評估一遍，自嘆不如，不如不出現。巴哈不戰而勝，自此名聲更高。

這種自嘆不如的退讓，這種自知之明的呈現，倒也不失爲君子風度，洵屬雅事，中外皆同。

西晉文學家陸機（二六一～三〇三），讀了左思的《三都賦》後，也不得不佩服，自以爲無法超越，便打消了另作《三都賦》的念頭。於是，左思的《三都賦》蜚聲文壇，豪貴之家，競相傳抄。

據《世說新語・文學篇》載，何晏注《老子》未畢，見王弼所注《老子》精奇，自愧不如，於是放棄對《老子》的注釋，改爲只寫道德二論。

這種退讓與呈現，在崔顥（？～七五四）的一首詩上，有著令人頗堪玩味的插曲。

崔顥，汴州人，開元十一年及進士第，他年輕時寫的詩，辭藻華麗，內容輕浮，很多作品都不莊重，到了晚年，忽然改變，風格正直，態度嚴謹。對軍旅生活描寫細膩，讓人彷彿親見塞外城牆，高妙的筆法常令人覺得他是能與江淹、鮑照相提並論的好手。

有一次，崔顥至武昌遊歷，登黃鶴樓。風吹芳草，淡雲悠悠，感慨萬千，作詩一首：

昔人已乘黃鶴去，此地空餘黃鶴樓。
黃鶴一去不復返，白雲千載空悠悠。
晴川歷歷漢陽樹，芳草萋萋鸚鵡洲。
日暮鄉關何處是？煙波江上使人愁。

傳說有仙人騎著黃鶴而去，這裡只留下了空空蕩蕩的黃鶴樓。黃鶴一去，不再復返，千載白雲，煙煙緲緲。晴日當空，對岸樹木歷歷分明；鸚鵡洲上的花草，芬芳茂盛，沁人心脾。夕陽西下，何處是我的故鄉呢？江水悠悠，更添新愁。

據《唐才子傳・卷一》記載，李白來到黃鶴樓，本來也要賦詩，一看崔顥的詩，只留下「眼前有景道不得，崔顥題詩在上頭」二句話就走了。

李白的退讓，是謙懷、是成人之美。

李白的自嘆不如，是另一股力量的醞釀。

謙懷、成人之美不是放棄表現。因爲不斷累積，醞釀的力量終將爆發。李白後來當然也寫過關於黃鶴樓的詩作，〈鸚鵡洲〉、〈登金陵鳳凰台〉就是擬崔顥格調，摹其手法但亦鎔鑄自己才華，或形象飽滿，意在言外；或眞情流露，放曠自達。

如果呈現的不是自嘆不如，而一定要自不量力，一較高低，這種沒有眞才實料的自命不凡，除了自暴其短，還留人笑柄，自討沒趣；這還算輕微的，說不定還會自取其辱呢。

以退爲進，在自嘆不如裡自得其樂，慢慢檢討自己改進的空間。

弄清「自嘆不如」背後的智慧，不會永遠獨自空嘆悵望，更不會永遠不如他人。其中蘊含的哲理，一如美國非裔女詩人愛倫・哈伯（Frances Ellen Watkins Harper，一八二五～一九一一）所說：「眼前的失敗也許孕育著成功的胚芽，它將在日後綻放花朵，結永恆的甜果。」

44 不管寫快寫慢，就是不能寫爛

巴爾札克（Honoré de Balzac，一七九九～一八五〇）書房內掛著一幅沒放畫的畫框。朋友問他為何。

「你知道嗎？我只要用一點想像，世界上任何名畫就會出現在那框裡了。」

他每日伏案十小時以上，常常連續工作十八小時。在文學事業的全盛時期，以超人的才智與精力，在不到二十年的時間內創作小說九十一部。平均每年產生作品四、五部之多。

莫札特的音樂成就令人驚歎，他曾描述他的創作：「無論多長的作品都在我的腦中完成。我從記憶中取出早已儲存好的東西；因此，寫到紙上的速度就相當快了。因為一切都已完備，它在紙上的模樣跟我想像的幾乎完全一樣。所以在工作中我不怕被打擾，無論發生什麼，我甚至可以邊寫邊說話。」

跟莫札特有拚的，不能不提起裴子野（四六九～五三〇）。梁武帝蕭衍派大將北上伐魏，命裴子野撰寫檄文，裴揮筆而成。由於茲事體大，武帝請來文筆第一流的文官共同審視，眾人一致讚賞，高度評價。武帝說：「他身體瘦弱，文章氣勢卻如此雄壯！」不久裴又受命寫信給魏國丞相。收到詔書正是夜間，他認為明天天亮再動筆即可；誰知到了五更，武帝就派人來催促，裴緩緩起床，操筆寫文，拂曉時分就作好了。武帝對此十分讚賞，從此，凡是檄文詔書，都叫他起草。有人問他作文為何如此神速，他說：「別人作文都邊寫邊改，我偏偏在心裡就修改完畢（人皆成於手，我獨成於心），下筆時不再修改，寫文章自然就快多了。」

這兩種創作天才都很讓後世創作者羨慕。但也有人創作很慢，賈島（七七九～八四三）〈題詩後〉：

二句三年得，一吟雙淚流，
知音如不賞，歸臥故山秋。

賈島苦吟成癖，他說自己「一日不作詩，心源如廢井」。雖然「二句三年得」的「產量」實在慢得誇張，但梅堯臣還是說賈島「狀難寫之景，如在目前，含不盡之意，見於言外」（歐陽修《六一詩話》引）。

相對賈島產量之慢，有人偏偏可以提起筆就寫。宋朝王讜《唐語林》記載，王勃每次要寫文章時，必定先讓人磨好幾升墨，自己則喝上幾杯酒，然後蒙頭大睡。等到醒了，提起筆就寫，一氣呵成，文不加點。當時的人們稱王勃寫文章是預先打好了「腹稿」的。

寫快好，還是寫慢好？

文學沒有標準答案，所以作家才會一直苦惱。

歌德說：「人爲煩惱所苦的時候，神便賜予他表達的力量。」至於表達過程快或慢，因人而異；但我總認爲：不管寫快寫慢，能感動讀者、對讀者有所啓發、有所幫助，就是好文章；然而，不管寫快寫慢，就是不能寫爛。俄國作家托爾斯泰有點激動：「假如我是皇帝，我會頒布一條法律，要那些寫出連自己都看不懂的文字的作家接受一百鞭，並廢止其寫作權利。」我想他也同意，那些粗製濫造的書，對世界文學的危害絕不下於戰爭及伴隨戰爭而來的後果。

別人用腳走路，我用筆走路；我睡覺時不作夢，寫作時才作夢，咳咳，有時是噩夢。

45

成功後的高調與低調

愛因斯坦說：「人們以為我的成功是因為天才，其實我的天才只是刻苦而已。」牛頓也認為：「如果說我對世界有什麼些微貢獻的話，那不是由於別的，只因為我辛勤耐久的思索所致。」成功後的低調是謙虛，平時聽太多了，似乎不值得特別一說。但有沒有人逆向思考過：成功後還是保持一貫高調呢？有何影響？

孟郊（七五一～八一四）〈登科後〉的高調顯得很恣意放曠：

昔日齷齪不足嗟，今朝曠蕩思無涯。
青春得意馬蹄疾，一日看盡長安花。

四十六歲中進士的他，忘了未登第的屈辱和不平。今天以後，思想天馬行空，情緒激昂高亢。春風滿面，看！連路旁的花似乎都在向他微笑道賀。

俗話說：「不遭人忌是庸才。」孟郊似乎應記取：高高在上的地位絕非一蹴可幾；登高必自卑，行遠必自邇。不怕路遠，只怕站在原地。而一旦地位越高，越應有一份謙卑之心；俸祿越豐厚，施捨就要越廣泛；因為施捨越廣泛，所「買」到的人心也越多。有捨有得，多捨多得。

官越大，思想上就越小心，思想小心是不夠的，行為要受最高標準檢驗。爵位越高，態度就越謙卑，態度謙卑是不夠的，還要多多充實自己，才是一個領導者應有的氣度。

一八〇八年十一月十日，拿破崙寫信給兄長約瑟夫說：「勝利本身沒有什麼，乘勝追擊才是最最重要的。」

好棒的觀念與氣勢！

如果一定要說成功後的低調謙卑有何「缺點」，我想那就是：可能會讓你無法乘勝追擊。

成功後的低調與高調，都是不平常心。

不平常心是人生的一部分，我們在理智上都知道，人生不是只有輸贏，保持平常心才能超越勝負，才能看見背後更重要的東西。但問題是，很多時候我們會忠於或放縱情感，會在動機或榮譽感驅使下失去平常心，這些時候我們又該如何面對人生？

光憑謙虛是絕對不夠的，一個人之所以會給別人舒舒服服的感覺，除了謙虛，一定還有別的：那就是：高深又很超強的專業能力、洞悉人際互動奧妙的那種靈敏度，以及看透人性醜陋與世事荒誕性的灑脫和智慧。

成功後的高調，有時不專指乘勝追擊，而是爲日後失敗預先培養再起之溫床。《老子》：「自勝者強。」眞正的強者就是這個「勝」字，這個「勝」字有時並不專指勝利的勝，而是「剩」下的剩。倒下去的那是不用提了，只要沒倒，剩下來的，就可以走下一步。

人間事太複雜也太多變了，再怎麼精密、合理、細膩的推測，都有可能在一瞬間脫離常理，違反邏輯，出現讓人哭笑不得的意外結局。有時眼見爲憑都不一定是定局，更何況光憑推測？經驗法則不是萬能，隨機應變才是眞理。學會不被過去經驗束縛，還是很重要的。

人生如戲，有人喃喃祈禱，有人縱聲狂笑；沉睡的依然沉睡、成長的繼續成長。某些演出既然不需要觀眾，演出後當然也不需要謝幕。生命中意外的收穫往往是捨棄了某部分之後得到的。斤斤計較於無聊的謙虛，動不動做個樣子，唯恐自己高調而惹人厭，又怕因捨太多而一無所得的人，也不能多有斬獲。

46

愛情是一種注定的遺憾

古希臘哲學大師蘇格拉底（Socrates，前四六九～前三九九）的三個學生請教他，如何才能找到理想的伴侶。蘇格拉底沒有直接回答，卻叫他們到一片麥田中，摘一根最好最大的麥穗。但是有二個條件：第一，只許前進；第二，只有一次機會，只能摘一次，不能換。第一個學生走沒幾步，看見一根又大又漂亮的麥穗，高興之餘，立刻摘下；但他繼續往前走，卻發現前面有許多比他摘的那根更大，備覺遺憾，走完全程。

第二個學生汲取教訓，每當他要摘時，總是提醒自己，後面還有更好的。當他快到終點時，才發現手上空空，錯過了全部稻穗。

第三個弟子學到前兩位的教訓，當他走到三分之一時，即分出大、中、小三種；再走三分之一時，驗證是否正確；等到最後三分之一時，他選了屬於大類中的最大最美的一根麥穗，滿意走完全程。

這是教人「怎麼找」；但是，還有比「怎麼找」更重要的事，當你自認「找到」時的態度。崔護（？～八三一）的〈題都城南莊〉：

去年今日此門中，人面桃花相映紅；
人面不知何處去，桃花依舊笑春風。

一個春光明媚的日子，詩人來到長安城南的郊外踏青，在桃花盛開的農家小院門前，向院裡的姑娘討水喝。兩人一見之下，情愫頓生，心有靈犀，一點就通。這次邂逅，詩人留下難以忘懷的情愁，無法釋懷。第二年春天，相同時間、相同地點，他又來了。一想到待會即可見到他朝思暮想，魂牽夢縈的夢中情人，他不禁加緊腳步，快步來到小院。

哪來的姑娘呢？

但見門扇緊鎖，姑娘何在？徒留憾恨與悵然。

詩人又來了，詩人又走了，從來不變的，是小院依舊。在淡淡桃花香的盡頭，詩人的思念悄悄繁殖。

榮格認爲：「眞正的美，其實是一種消失。」愛情是一種注定的遺憾。

感謝你，盪著你眉下的鞦韆而來，跌進我眉下的明湖；愛情因遺忘而美好。

如果極度渴望獲得某事，人們會驚訝自己的能力。我們存在於世界中，我們被注定要有意義的。當你想要留住某些重要的東西，那就努力不要讓它們從你身邊流過，那種感覺是世上最棒的事。

我們想太多，行動太少。

世事多變，心更是善變，要趕在改變心意之前立刻行動。一定要隨時使自己快樂起來，保持高昂的情緒和熱情；當然，有些經驗能幫助你，有些經驗會把你害得更慘；做選擇並不難，毫無選擇就慘了。

你有來電的感覺，但不知她有沒有，你唯一能做的事就是去問，問她有沒有跟你一樣的感覺。如果沒有，你繼續你的人生，該做什麼事就去做什麼事，照自己原來的計畫，一步一步，一件一件，一直做下去。可是如果你不問，自己在那一直瞎猜，你永遠不會知道她有沒有跟你一樣的感覺；相信我，那將不是你唯一的傷。

當你要把目光從我身移開，請靜謐一點；謝謝你，我哭過了。

47

自己促銷自己

英國作家毛姆（W. Somerset Maugham，一八七四～一九六五）尚未成名的時候，作品乏人問津。他突發奇想，自己做行銷，在《泰晤士報》刊登徵婚啓事：

本人是年輕而有教養的英俊男士，身價非凡，目前單身。公開徵求終身伴侶，條件是必須與毛姆小說中的女主角一樣。

徵婚啓事一經刊出，倫敦各大書店裡的毛姆小說立即銷售一空。

自己促銷自己，不禁又想到詩人惠特曼。一八五五年《草葉集》問世，反應冷淡，他卻向報刊自稱《草葉集》在大西洋兩岸如何轟動，人人搶購。報社問他消息來源，他說不知道；尤有甚者，一八五五年底，他更匿名寫了三篇書評，把自己稱讚一番！

當然還想到唐朝的一種風氣。

唐代文人入仕，一般須經過科舉考試和顯貴推薦，當時一些舉人爲能考中進士，把自己生平得意之作工工整整抄在紙上，裝成卷軸，恭恭敬敬獻給當時的重量級人士，以期青睞。最有雅趣的是朱慶餘（七九七～？）奉詩張籍（七六八～八三〇）。朱慶餘爲考進士，在二十八歲那年來到京城，考前他把自己最好的作品抄成卷軸，獻給當時詩壇名人張籍，並附上絕句一首，求他舉薦：

洞房昨夜停紅燭，待曉堂前拜舅姑。
妝罷低聲問夫婿，畫眉深淺入時無？

朱慶餘自比爲新嫁女，以妝比喻所獻詩文，「夫婿」指張籍，「舅姑」喻朝廷主考官。詩寫得謙謙蘊藉，雖委婉內斂，但對功名之強烈企圖心溢於言表。據說張籍讀詩後，十分賞識朱慶餘的才華，並在卷軸上加批曰：

越女新妝出鏡心，自知明豔更沉吟，
齊紈未足人間貴，一曲菱歌抵萬金。

張籍把朱慶餘比作一位相貌既美、歌聲又動聽的採菱姑娘，讚許他才華出眾，暗示他不必爲考試擔心。由於張籍大力推薦，朱慶餘不到三十歲就中了進士。

美國知名作家維多（Gore Vidal）曾說：「光是成功不夠，還要其他人失敗。」如果他人因不會自己促銷自己而「失敗」，自己成功機率當然大增。

俗云「自助而後天助」，自己促銷自己，當然是最有效而直接的自助。但是當自助力量有限，自助成果太低，自助效率太慢，那就必須尋求協助。值得一提的是，遇到困難，人們往往自己處理。明明可以找一下家人、身邊的好朋友幫助，卻放著身邊的大好資源不用，硬是認爲自己可以處理得來，可以自行消化。

當你一旦認爲你可以自行消化的時候，就表示你一定會消化不良。

求助並不可恥，求救更不可憐，求援也不可笑。跟別人說一說心事不是什麼見不得人的事，我們都把自己保護得太好了，失去了讓別人跟我們分享的機會。

你要認爲自己是最棒的，不管你是不是——第一步：從自己促銷自己開始。

48

活一天算一天，活一天贏一天

據說這是一則流行於古埃及的寓言。

有個罪犯被判死刑，他以能教御馬飛翔為理由，向法老王請求緩刑一年。如果屆時失敗，御馬不能飛，他甘願受刑，無話可說。

結果法老果然要他擔任宮中御馬教練。有人認為罪犯這種拖延實在無意義，他卻回答：「在未來一年之中，也許法老會死，也許我會先死，也許御馬會死，誰敢擔保？又或許，馬眞的會飛了，也說不定哩！」

作家老舍在《四代同堂》裡說：「飽經患難的人，只知道謹愼，而不知道害怕。」這種「活一天算一天，活一天贏一天」的哲學不是害怕明天的苦難，是謹愼於今天可以把握的所有事，珍惜今天可以活的每一刻。

忽然想到杜甫（七一二～七七〇）。他的〈九日藍田崔氏莊〉詩：

老去悲秋強自寬，興來今日盡君歡。
羞將短髮還吹帽，笑倩旁人爲正冠。
藍水遠從千澗落，玉山高併兩峰寒。
明年此會知誰健？醉把茱萸仔細看。

我已老去，面對秋景，更感悲涼，只有強顏歡笑，寬慰自己。今日重九，興致一來，各位，不歡不散！人老了，怕帽一落，露出稀疏短髮，所以風吹時，笑著請旁人幫我扶正。藍水遠來，千澗奔瀉；玉山高聳，兩峰並峙；山高水險，令人振奮。抬頭仰望：秋山秋水，如此壯觀；低頭細思：山水無恙，人事難料。自己已老，何能久長？趁著幾分醉意，手把茱萸，仔細端詳：「茱萸呀茱萸，明年此際，還有幾人健在，佩戴著你再來聚會呢？」

「朱門酒肉臭，路有凍死骨」的悲天憫人，使杜甫寫出人民在殘酷官吏壓迫下的苦難：〈新安吏〉、〈潼關吏〉、〈石壕吏〉、〈新婚別〉、〈垂老別〉、〈無家別〉組詩六首；然而，杜甫一生顛沛流離，生活歷練豐富而深刻：流亡、陷賊、在皇帝身邊任左拾遺、出貶華州、荒涼的洛陽道上、秦州寄居、入蜀的行程。他的人生體悟，廣度與深度兼具，悲涼與悲懷皆有；但是，當他漸漸老去，一生的苦難會漸漸昇華爲對當下生命的絕對珍惜。

對苦難的人來說，有時就算知道自己的狀況，還是選擇不做任何處置。他們當然相信絕望時刻就要使出絕招，那時必會驚訝於自己的生存能力。本能本來就會發揮，不用擔心。

欲望會給你失望，一直折磨你；矛盾的是，有時受苦最多的時候反而是不知道自己想要什麼，命運會給自己什麼。恰似愛爾蘭詩人葉慈說的：「我知道我將在雲端的某處，和我的命運相逢。」苦難環境會消磨一個人的心志，會讓一個人妥協，忘記自己的夢、放棄自己的理想；對受苦的人而言，只有當下，活一天算一天，活一天贏一天，他們不是沒有明天，他們是不能想明天——今天就是明天，今天就是一切；今天的苦日子還在眼前，誰有心思想明天？

49

莫愁前路無知己，天下誰人不識君？

一八四三年，德國詩人海涅自巴黎返國。之前他就開始構思長詩《德國，一個冬天的童話》。返回巴黎後，開筆寫作；於此之時，結識馬克思（Karl Heinrich Marx，一八一八～一八八三）。往後，海涅常在盧格和馬克思共同編輯的《德法年鑑》上發表諷刺詩。一八四四年七月，海涅爲監印《新詩集》又到漢堡，並從漢堡把《德國，一個冬天的童話》寄給馬克思，由馬克思介紹給德國流亡者在巴黎辦的《前進報》上發表。

擁有海涅這樣的詩人好友，當馬克思受到法國當局迫害，不得不離開巴黎到布魯塞爾時，臨行前馬克思寫信給海涅：「我將離開這裡的人們，可是離開你最使我痛苦，我眞想把你也打包進我的行李中。」

忽然想到高適（七〇二～七六五）〈別董大二首〉（其一）：

千里黃雲白日曛，北風吹雁雪紛紛。

莫愁前路無知己，天下誰人不識君？

高適少孤貧，愛交遊，有游俠之風，並以建功立業自期。天寶十一年，因不忍「鞭撻黎庶」和不甘「拜迎官長」而辭官。《舊唐書．高適傳》說：「有唐以來，詩人之達者，唯適而已。」

董大，唐玄宗時代著名的琴客，是一位「高才脫略名與利」的音樂高手，這首詩言辭雖婉轉，但勉友無須懼怕之用心良苦，發自內心的眞誠祝福，在在顯露出另一種別離情致。

詩的大意是說：夕陽西沉，落日黃雲；蒼茫大雪，北風狂吹；唯見遙空斷雁，出沒寒雲。日暮天寒，遊子將何去何從？我親愛的朋友，不要猶豫害怕，無須發愁多慮，你只管前去，勇敢的前去、大步的前去吧！日後必有能賞識你才華、了解你的人。

蘇東坡〈水調歌頭〉詞云：「月有陰晴圓缺，人有悲歡離合，此事古難全。」人間的悲歡離合、得意失意、順遂逆折，諸多無常，似月昇月落，月虧月盈。既似月昇月落，月虧月盈，何須大驚小怪？何必無謂傷感？

電影《阿甘正傳》（Forrest Gump，一九九四）裡說：「人生就像一盒巧克力，你永遠不知道你會吃到什麼口味。」這是人生的未知，也是人生的最大樂趣。恰似波蘭女詩人辛波斯卡（Wislawa Szymborska）的詩句：「我們何其幸運無法確知自己活在什麼樣的世界。」

然而，人性的弱點之一：人們對未知懷有敬意、懷有恐懼。

仔細思考這種對未知的不安，是來自自己太在意他人對自己的看法。

在意他人對自己的看法，是在幫別人看自己。

不用刻意找別人看自己，更無須幫別人看自己。如果你自己都看不清自己，別人又怎麼看得清你？

在別人中發掘自己，在自己中發掘自己，這樣就很夠了。不要幫別人看自己，那眞的太累了。

不要幫別人看自己的另一層意思是：不要用別人的眼光來批判自己。很多時候我們沒有用自己的眼光來看自己，都用別人看我們的眼光來看自己。自己又不是別人，所以看錯的機會最多。自己看自己的時間都不夠了，還用別人看我們的眼光來看自己，結果只是自己傷了自己。

每個人都有不想被知道的一面，即便是你最親密的家人、朋友，你一定多多少少有點保留。但人在最脆弱的時候，反而會向平時對自己不好或自己討厭的人說一說心裡的話。

50

自虐式的精進

塚本幸一，一九二〇年生於滋賀縣。一九四九年以日幣一百萬成立和江商業公司，連他在內員工僅十位。一九六四年改爲華歌爾公司，一九八五年任董事長。

他回憶：「我以作洋裝起家，後來用心規劃製作內衣。這在當時是新興生意，我受到嚴厲的考驗。公司在年底成立，開張後不久，產品銷路不佳，一切都跟我想的不一樣，存貨愈積愈多，景況悽慘。過年時，公司風雨飄搖，不知能不能撐過明年。對我而言，那一年的年糕簡直難以下嚥。」

塚本幸一在三十歲時，發願把事業推展成世界最大的企業之一。他要用五十年的時間，在二〇〇〇年時，也就是他八十歲那一年達成目標。

這是一項高瞻遠矚的五十年計畫。即使是在他父親出殯當天，他仍然照常工作。他說，這麼做絕非不孝，而是認爲太過於悲痛會減弱自己的鬥志，他只想積極的「將父親的死延續成生生不息的力量」。

忽然想起雍陶（八〇五～？）的〈離家後作〉：

世上無媒似我希，一身惟有影相隨。
出門便作焚舟計，生不成名死不歸。

我深知：世上可以推薦我的人很少，一生只有靠自己。我不出門則已，一出門就破釜沉舟：除非成名，否則我就永遠不再踏入這個家門。

這種自我要求超高、目標超遠的自虐式個性，有下面幾項特點：

第一，常常自訂一些超出自我能力的計畫，或設定一些遙不可及的目標，當計畫被部分執行或完全沒有執行，目標沒有達成，就會極度自責。

第二，挫折感很重，情緒低落。其影響是什麼都提不起勁來，結果呢？就算有非常好的二次機會，也是白白放過。

第三：用別人的標準來要求自己。自己不再是自己，是別人眼中的自己。老是在想「我這樣，別人會怎樣想？」之類的無聊又多餘的猜測。

第四：被一些定形觀念所影響。殊不知人們熟知的定形觀念，什麼「堅持最後」、「不要放棄」之類的，都是可以改變、變通的。人生，該放手的就要放手一搏；自己能力眞的做不到、超出自己能力太多，要尋求協助，要評估値不値得堅持，說不定你所謂的堅持在別人看來只是浪費時間。要善用身邊現有資源，眞的不行，就趕快轉個方向，調個角度，千萬別一直往死胡同裡鑽，一直失敗，消磨鬥志是最可怕的，很少人有鋼鐵般的意志可以苦撐下去。

避免自我折磨的要點如下：

第一，放鬆。放下手邊正在處理的所有的事，去做自己完全想做的事，吃自己一直想吃的東西，去自己想去的地方，對自己好一點，自己要常常獎賞自己。

第二，暫時逃避現實。逃避現實並不可恥，別忘了，你是人類，你不是超人也不是上帝。

你家隔壁失火你都會逃出房子，你內心失火怎麼不會逃？當然，逃完記得回到現實就是了。

不要害怕自我折磨，你會輕易發現：人們多麼容易遺忘某些痛苦。

「你以爲我喜歡當英雄？只是，我想，總要有人走在前面吧！」

宋（金）

半畝方塘一鑑開，天光雲影共徘徊，
問渠那得清如許，爲有源頭活水來。

51

兩情若是久長時，又豈在朝朝暮暮

法國大文豪巴爾札克與俄國伯爵夫人漢絲卡相戀長達十八年；最後，有情人終成眷屬。成爲眷屬後五個月，巴爾札克病逝。

相戀十八年，相守不過一百五十多天而已。忽然想到秦觀（一○四九～一一○○）的〈鵲橋仙〉：

纖雲弄巧，飛星傳恨，銀漢迢迢暗度。
金風玉露一相逢，便勝卻人間無數。
柔情似水，佳期如夢，忍顧鵲橋歸路。
兩情若是久長時，又豈在朝朝暮暮？

一片纖細的雲，翻弄巧妙形狀，流星飛，似傳恨。銀河滔滔，秋風爽颯，露珠晶瑩，雖每年只在天上相逢一次，卻早已勝過於人間相聚無數次。這一年來，伴我度過寂寞與等待的，就是妳柔情似水的倩影。相聚是那樣短暫，鵲橋轉眼幻化，如夢如煙似塵。啊！我們情逾堅石，相聚雖短，朝朝暮暮，兩心相許。

不禁讓人好奇：愛侶雙方不變心的憑藉是什麼？互信。

我相信妳不會變心，妳相信我是妳的唯一，這種互信基礎，才有可能「兩情若是久長時，又豈在朝朝暮暮」。

這種愛侶間的互信並不容易；須知，即便是兩個極為熟悉的人，互信有時反而更不易維持與堅定對另一方的信念。因為最熟悉的人有時就是最不能好好相處的人。所以有時候最熟悉的兩個人也要重新認識對方。有時候即使是家人也會讓我們很挫折，更別說是最好的朋友，更別說是愛侶。

如何加強愛侶間的互信？

雙方各自努力，先認清自己、了解自己。只有對自己個性有相當程度的掌握，才能在最微妙、最不易維持的互信關係出現一絲絲裂縫時，及時修補，通過考驗，完成「愛的升級」。

愛情最神祕的地方，妳不知它何時會傷妳；所以，有時候，不管妳多愛一個人，他就是無法像妳愛他一樣愛妳；然而，如果他不能愛妳就像妳愛他一樣多，那他根本不值得妳愛。

「我無法以你要求的方式愛你，我只能用我想要的方式愛你。」人們受傷後的第一件事是怪罪別人，這就是爲什麼太完美的人，不適合談戀愛。

不合適的愛侶傷不了你，合適的才會，他們有時足以致命。

「兩情若是久長時，又豈在朝朝暮暮」的昇華版，最高境界應該是我醫生朋友跟我分享過的一段故事。背景是：一位老先生得了阿茲海默症（Alzheimer's disease），其妻的心境：

有一天我回家，這個場景不知發生過多少次，他會問我今天好不好，然後親我臉頰一下。那天他沒有，還問我是誰。我以爲他跟我玩遊戲，我還仔細想，今天是愚人節還是結婚紀念日什麼的，或是猜想他大概故意逗我。往後的日子，他常常站在鄰居家門口，只穿短褲，忘了自己家住哪裡。邋遢，全身脫水，他再也不認識我了。

不管他病成什麼樣，他還是我的丈夫，我們曾經有過的一切永遠不會改變。我不是不能接受他死，我是不能接受他就這樣消失了，每一天都消失得更徹底。我在心裡跟他說話，在腦裡看見他，他永遠不會消失，因爲我永遠不會讓他走。

「我們曾經有過的一切永遠不會改變！」這就是爲什麼「兩情若是久長時，又豈在朝朝暮暮」。對雙方而言，曾經就是一切，曾經就是永遠，永遠不會改變。

52

世上最遠的距離：從想法到行動

德國自然科學家，近代地理學創建人之一洪堡（Alexander von Humboldt，一七六九～一八五九），其傳世之作《宇宙》彙集一生的研究和創現，總結了地理學許多重要的研究原理，是近代地理學最爲重要的著作。曾被譯成多種文字，幾乎包括所有歐洲語言。

晚年時，一位友人來訪，看到他還在修訂自己著作，密密麻麻的稿子，對視茫茫、髮蒼蒼的老人可謂一大考驗。洪堡還興沖沖的對友人說：「自你去年走後，我一直看稿、改稿。這一卷馬上可付印。」友人看著面露倦容的洪堡，驚奇地問：「以你的年紀和體能狀況，做這些需要大量專注精神的細膩工作，不會太過吃力嗎？」洪堡微微一笑，不以爲然地說：「我睡得很少。工作就是我的生命。」

爲工作而活，而非爲了生活費而工作賺錢，當然能以工作治療疲憊。而其支撐力道，就是信念。李綱（一〇八三～一一四〇）的〈病牛〉：

耕犁千畝實千箱，力盡筋疲誰復傷？
但得眾生皆得飽，不辭羸病臥殘陽。

李綱為官時多次上疏陳說抗金大計，都未被採用。他曾因議論朝政過失而被罷官；也曾受到宋廷投降派的排斥和誣陷。他任宰相僅七十五天，就被驅逐出朝，不久貶鄂州（今湖北武漢市武昌），繼又流放到海南島。這首詩寫於他被貶到武昌期間。他以牛自喻：辛苦的牛，勤勞獻力，卻無人同情；說明只要自己的行為有利眾生，就算病倒，甚至累死也甘之如飴，無怨無悔。

自苦心志的創作者常以牛自喻：當代畫家李可染稱自己的畫室為「師牛堂」，他認為「牛給予人類的多，取之人類的少」；齊白石自稱「耕硯牛」；朱自清以「老牛以解韶光貴，不待揚鞭自奮蹄」自勉；魯迅氣度更高：「橫眉冷對千夫指，俯首甘為孺子牛。」

尼采說：「你的個性就是你的守護神。」但個性有可能也是催命鬼。具有工作狂性格的人，支撐其工作力道來源的，就是對自己使命的信念，我稱為「天命」。

多少人放棄了夢想，時間是最無情的篩子。沒有行動還以為正在前進，結果是原地踏步。行動太少而且行動太慢，腳步太小、耐力不夠、毅力不足。

這是對天命的未堅持。

心智軟弱的人容易受到外在影響，所以必須隨時提醒自己天命何在。每個人都會立志、都會下定決心，但每個人都會半途而廢，不了了之。二十歲萌發的一個想法，可能一百歲都沒嘗試去完成過。

世上最遠的距離：從想法到行動。

很多人偷偷想：「希望」不要來臨，因爲如果「希望」眞的來了，「希望」可能就破滅了。

這是對天命的未認清。

一旦堅持，一旦認清，還要記住：不管你多努力，成功永遠可能比你想像的還晚到。

53

要消滅你的敵人，先要知道他的愛好

富蘭克林（Benjamin Franklin，一七〇六～一七九〇）在被選爲賓州議會的書記前，有一位重量級的前輩議員對他極不友善，經常公開批評富蘭克林。

對年輕資淺的富蘭克林來說，既不舒服又難解決。後來聽說這位議員有一些極爲珍貴的藏書，於是富蘭克林就寫了一封短信，表明對這些書極有興趣。這位議員立刻把書送來，一星期後，富蘭克林還書，另外附了一封信，很熱烈地表示了謝意。

自此之後，這位原本從不和富蘭克林交談的議員，在議院裡相遇時，居然主動握手交談，非常友好。還對富蘭克林說，願在一切事情上幫他的忙，於是兩人成爲好友。

要消滅你的敵人，先要知道他的愛好，再投其所好。

忽然想到李覯（一〇〇九～一〇五九）的故事。

李覯，字泰伯，江西南城人。他文采極佳，蘇東坡等名士都很推崇他。他向來不喜佛教，也很不喜歡孟子。他好飲酒，某日有位達官送給李覯幾斗美酒，但他素不喜應酬，所以也沒打算呼朋引伴，共飲美酒。屋藏美酒，彷彿裝飾。有一位好酒的人聽說了，饞得心癢難忍，發誓一定要喝到才甘心。絞盡腦汁，計上心來，就投其所好，寫了幾首罵孟子的詩，其中一首說：

完廩捐階未可知，孟軻深信亦還痴。
丈人尚自爲天子，女婿如何弟殺之？

士人拿著這些詩登門拜訪李覯。李覯讀詩大喜，頗有惺惺相惜、相見恨晚之感，與他邊飲酒邊談論。二人你來我往，把孟子罵個痛快。直到把李覯家中的酒全喝光，士人才告辭而去。

人們對於附和自己愛好的人，沒有抵抗力。戒心降低，這其實是很危險的。利用對方愛好而投其所好，這種人防不勝防，最令人討厭。

令人討厭的人總是不知道自己有多令人討厭；被人討厭的人，他也討厭那個討厭他的人。

在人際互動過程裡，一定會遇到討厭的人。你討厭一個人討厭到可以一口氣說出他的十項缺點嗎？想想自己是否完全沒有那些缺點。別人的錯誤使你厭惡嗎？回想一下你自己有無同樣的錯誤。所以下次因爲討厭一個人而憤怒時，要這樣問自己：「那個令人討厭的人能不在這個世界存在嗎？」那是不可能的。不可能的事不必強求，否則自討苦吃，自己痛苦。

每個人都會被人討厭，但請記住：分析自己的缺點比學習別人的優點更有效率。一個人眞正的脆弱，別人是看得出來的。小心那些很擅長投其所好的人；因爲，你的愛好會變成你的弱點，你的弱點會出賣你。

「人人都說他奸，我看不出來他奸在哪？」

「他就奸在讓你看不出來。」

寫感人〈背影〉的朱自清有句鮮爲人知的名言，最適合用來當此文的結論：「知人知面不知心，不看什麼人就掏出心肝來，人家也許還嫌血腥氣呢！」

54

若要自成一家，似乎最好不要成家

哲學家康德是獨身主義者，終身未娶。他認爲，婚姻會妨礙眞理的追求；而且，一個人一旦結婚，爲了維持家庭經濟來源，就會不得已拚命賺錢。他不願爲了結婚而拚命賺錢，寧願爲了追求眞理而孤獨一生。

音樂家海頓是在二十八歲時，和大他三歲的「悍婦」結婚。此後大約四十年間，他在精神方面受到極大的痛苦。他曾感慨地說：「對於我太太而言，不管丈夫是一位鞋匠或藝術家，都沒有什麼差別。」

看來若要自成一家，似乎最好不要成家。理由？讓另一位哲學家來補充。培根說：

人一旦結婚生子，就得留在命運那裡當人質。因爲妻兒讓你牽牽掛掛，使你無法在事業上勇往直前，阻礙了你對理想和計畫的實現。不可否認的，許多對大眾有關的豐功偉業，都是由獨身或沒有生兒育女的人完成的，因爲這些人的感情早就與大眾相結合，一切也就奉獻給大眾了。

有一種獨身理由很特別，來看北宋詩僧道潛（一〇四三～一一〇二）的〈口占絕句〉：

寄語東山窈窕娘，好將幽夢惱襄王。
禪心已作沾泥絮，不逐春風上下狂。

蘇軾任杭州地方官時，道潛居住在智果精舍中，與蘇軾唱和往還，結爲忘形之交。此詩寫作經過，據《侯鯖錄》：蘇東坡在徐州的時候，道潛從錢塘去看他。東坡席間一時興起，開玩笑叫一歌妓向道潛求詩。道潛隨口說出此詩，震驚四座，從此聞名。

詩的意思是說：請別再試著挑起我的情思，妳這些輕薄的動作，戲謔的語句，只能讓楚襄王這些風流君王煩惱動心，自己已是出家人，像沾了泥的楊絮，不再隨春風飄飛癲狂。

我的一位男性好友是獨身主義者，他揶揄：「與一個好女人結婚，是在暴風雨中找到了避風港；與一個壞女人結婚，是在避風港中遇到了暴風雨。」「把破碎的心交給上帝，祂能使它完整；把完整的心交給女人，她能使它破碎。」他認爲婚姻有點像有時候我們只是想嚐一嚐一盤佳餚，你並不是眞的想吃，你只是想嚐一口，就沒再動了。

結婚與否，是選擇，但是當這種選擇帶有一點點冒險、一點點賭注，選擇就同時帶有樂趣了。佛洛伊德說：「如果人生最大的賭注『生命』不下注冒險，生活就失去了興趣。」

生命的意義當然不止於婚姻，但很多人認爲婚姻是生命中最美好的意義；當然，我也問了身邊的單身好友，他們有點無奈、有點感慨的說：「在這個世界上，有些人結婚比較快樂；有些人不結婚比較快樂。我大概是不結婚比較快樂的人吧。」

愛就跟生活一樣，必須不斷做選擇。愛跟選擇有關：你選想要的、選希望的、選不屬於你的、選需要的；但似乎，有時候無論你選多好，目的再完美，最後贏的還是命運。

關於選擇，最重要的定律：如果你不知該怎麼選，什麼也別選。

55

被人需要會使你心靈豐富

一九○七年，俄國文學家高爾基（Maxim Gorky，一八六八～一九三六）寫了一封信給他兒子。起因是他在小島療養時，妻子帶兒子來探望他，兒子在窗前種了很多花。高爾基寫道：「我看著你種的花，心裡愉快地想：我的好兒子在離開島後留下美好的東西，鮮花。要是你在任何時候、任何地方，留給人們的都只是美好的東西——鮮花、簡短勵志語、對你的美好印象——那你的生活將會是輕鬆愉快的。那時你會感到有人會需要你，這種感覺會使你成為一個心靈豐富的人。」

這是很感性、很動人的話。高爾基認為「被人需要會使你心靈豐富」，我們每一個人都有承擔他人痛苦的悲心和力量。做一件事，讓世界更美好。它不必是驚天動地，或花費耗時，它是隨手關電腦，它是少喝一杯塑膠杯飲料，它是自己帶筷子。

這種豐富心靈的滋潤，朱熹（一一三○～一二○○）〈觀書有感〉說得更徹底深刻：

半畝方塘一鑑開，天光雲影共徘徊，
問渠那得清如許，爲有源頭活水來。

半畝方塘，如鏡照人，山來照山，雲來照雲。方塘不大，看似容易枯竭，但眼前池水如此清澈明淨；原來，方塘上方有源頭活水，源源不斷，使方塘之水永不枯竭。如果此水永不汙濁，就永遠可以保持照見萬物的特質。

試著當一位「被人需要」的好人；值得注意的是，一旦你被朋友認定是好人，這一輩子你就只能當好人；而且，蔡元培〈我們的政治主張〉說：「作好人是不夠的，須作奮鬥的好人。」所以，與生俱來，就要隨身攜帶，並且經常用之。如果是後天培養而來，那是生命的主軸，你繞著它轉，它帶著你走。被人需要，心靈豐富。

天使有兩處住所：一是天堂，另一方是在有愛的人心中。行善是好，因善行而受苦更好，這是悲劇英雄。美德是美德唯一的報酬。當你不再對任何人有貢獻心力的時候，就開始漸漸死去了。法國文豪大仲馬（Alexandre Père Dumas，一八〇二～一八七〇）說：「世間唯一可用來影響別人的方法，就是談他們的需要，並告訴他們滿足需要的方法。」當你哪天開始不再對人有興趣，你就從那天開始死去。

我相信人人都有一份善念，人人都願意助人，我就是這麼單純而堅定的抱著這樣的理念。任何善行，不管多麼微不足道，都會發生影響。富蘭克林爲了遵守「生活規律」的箴言，特別草擬了一個「一天二十四小時的運用計畫」大綱。他每天晨起必問：「我今天將要做些什麼善事？」晚上則問：「我今天做了些什麼善事？」

我想，富蘭克林一定同意：如果你覺得別人的不幸與你無關，那麼有一天不幸發生在你身上時，也沒有人會在意。

這就叫做「福報銀行」。你存進去的，不知何時會提出，不管何時，一定會，而且一定會幫到你。你會感謝，你會多慶幸：「還好我平時有存！」

56

愛情的道理

一位小男孩的母親，常常向別人誇讚自己的兒子：「他漂亮得既像天使，又像魔鬼，任誰都忍不住想多看他兩眼。」

小男孩長大後，成了一代畫壇巨匠，畢卡索。

畢卡索在一家陶瓷店認識了第二任妻子，雅克琳．羅克。她是店員，一位帶著四歲女兒的年輕離婚婦人。她將自己的全部奉獻給他，留在他的身邊，打理畢卡索的一切事務。

在畢卡索去世十三年後，沉溺悲傷而無法自拔的雅克琳，朝太陽穴開一槍，自殺身亡。

當你只相信一件事，它就會變得非常重要，這東西如果沒了，你頓失所依，就會立刻覺得自己一無所有。

比畢卡索早生了六百九十一年的元好問（一一九〇～一二五七），年少時赴并州應試途中，遇到一位抓雁的人告訴他：「我今天捕到一隻大雁，已經殺了。另一隻雖脫網而出，但卻哀哀鳴叫，不肯離去，最後竟撞地而亡。」

元好問深爲烈雁的情誼所感動，買下這兩隻死雁，葬在汾水旁，壘石爲墓，稱之爲「雁丘」。寫詞一首，以誌大雁殉情之情緣：

問世間，情爲何物？直教生死相許。
天南地北雙飛客，老翅幾回寒暑。
歡樂趣，離別苦，就中更有痴兒女。
君應有語。渺萬里層雲，千山暮雪，隻影爲誰去。

我想問：愛情到底是甚麼？會讓這隻大雁以死來承諾、以死來相守。

我知道：你們無論是從北到南，從夏到冬，雙宿雙飛，形影不離。

然而，昔日相依相伴，形影不離的情侶已逝，眞情的雁啊！你心裡應該知道，從今以後，你將形單影隻，萬里長途，雲層渺渺，千山萬水，晨露暮雪，你自個兒要飛去哪裡？沒有了愛侶相依相伴，你，又要怎麼飛呢？

在一起的甜蜜，離別後的痛楚，而如今，雁過長空，影沉秋水，只有憾恨與傷悲。東鶼西鰈，自此分離；單鵠孤鴛，不勝憂愁。看到你殉情，我才知道你們是情中之痴，以死超越離別，相聚於他方。

以死超越離別，雖死亦生，雖離亦聚。

讀《水經注》，張員的妻子是黃姓人家的女兒，名叫帛。張員乘船過江時翻船而亡，屍體一直未見。帛來到張員落水處的灘頭，仰天長嘆，然後跳水自殺。十四日之後，帛與張員的屍體手拉手在下游灘邊出現。

小時候聽過一則神話故事：一個女人不知去哪兒學了種很奇特的魔法，可以長生不老。但是她必須永遠保守這個祕密，一旦說出來，魔法就再也不靈了。

於是，在幾百年裡，她換了好多個丈夫，每次都是伴侶因為衰老而先死去，而她卻永遠年輕，永遠不變。

有一次，她愛上了一個人，一如以往，嫁他為妻，得償心願，甜蜜生活了幾十年之後，丈夫又老了。

但這一次，這個女子很捨不得丈夫將要離自己而去，於是在丈夫的病榻旁說出了自己的祕密。一如當初的詛咒，當她一說出來，魔法立刻失靈，她瞬間也變得極為衰老，又老又醜。但是，她卻好滿足，好開心。心甘情願和她的丈夫一起死去。

那時候，我覺得那個女人好傻；我想，假如是我的話，我當然還是要選擇長生不老的。

可是，當我也終於深深地愛上了一個人的時候，我發現，我能完全瞭解那個女人的感覺了。

終於，我懂了一點點愛情的道理，以一顆無比尊敬的心。

57

寧願不要這麼聰明

據說拿破崙一天只需要睡四個小時，體力超人，聰明過人。這種效率人生，源自他把自己的頭腦看作檔案櫃：大大小小的事件，分門別類，放在各個抽屜裡。他曾如此自述：「如果某一件事不能再讓我煩心，我就把那個抽屜關起來；而把要解決事件的抽屜打開。當我晚上休息，就把所有抽屜關起來；這樣一來，馬上熟睡。因此我一天只要睡四個小時就夠了。」

這眞是很聰明的效率人生；然而，有些人曾經如此聰明，卻寧願不要這麼聰明。忽然想到蘇東坡（一〇三七～一一〇一）。

傳統知識分子的正義感，使他不敢默視新法推行的流弊，「緣詩人之義，託事以諷」；然而，政治現實殘酷無比，回應他正義感的，竟是何正臣、舒亶、李定等新進官僚說他「包藏禍心」，把他從湖州逮捕，投入監獄，這就是有名的文字獄「烏台詩案」。

蘇東坡被釋後，謫貶黃州，朝廷要他閉門思過；但他無過可思，有文要寫，他仍然關心現實，寫了不少同情人民、悲天憫人情懷的作品。

他的〈洗兒〉詩，表面諷刺，但語意悲憤：

人皆養子望聰明，我被聰明誤一生；
惟願孩兒愚且魯，無災無難到公卿。

大家都希望自己的孩子聰明，我這一生卻是被聰明害了。所以，我希望我的孩子愚笨遲鈍一點；如此一來，他才能一路升官又無災無難，無憂無慮享受他無窮無盡的榮華富貴。

「後悔」自己太聰明、書讀太多的，還有晚唐著名詞人溫庭筠（八一二～八七〇）。一次，相國令孤綯向溫庭筠請教一個典故出處，溫不僅告訴他典故出於《南華》（即《莊子》）第二篇，並對他說：「《莊子》是很普通的書，你在公務之餘，也應該抽些時間讀讀書才好。」令孤綯認爲溫太囂張了，故意奚落他，十分惱火，於是他上奏皇帝，說溫庭筠有才無德，不宜登第。後來溫庭筠寫詩談及此事，有「因知此恨人積多，悔讀《南華》第二篇」之句。

又想到《玉照新志》卷五的故事：

石才叔，字蒼舒，雍州人。常與著名文人兼書法家黃庭堅往來。他精於文章，擅長書法，家中藏書非常豐富。

文彥博主管長安時，從石才叔那裡借到唐代名法家褚遂良的〈聖教序〉眞跡來觀賞。文彥博越看越喜歡，便讓家中晚輩臨摹了一本。

休假時，文彥博宴請所屬官員，石才叔也在場。文彥博拿出兩本〈聖教序〉請在座的客人分辨眞假。客人們都異口同聲地說文彥博的臨本是褚遂良的眞跡，反而認爲石才叔所藏眞本是假冒的。

石才叔不說一句爭辯的話，只是笑著對文彥博說：「我今天才知道自己是粗俗淺陋的。」文彥博聽後大笑，在座的官員都因羞愧紅了臉。

在官場，爲了吹捧，可以顚倒是非；爲了升官發財，可以踐踏自己的人格。宋朝的韓琦（一〇〇八～一〇七五）在永興任職時，一天有一個幕官來見他；他一見那人，仔細看了一看，皺起眉頭，很不高興，幾個月沒同那個幕官說一句話。旁人覺得奇怪，問韓琦：「那位幕官，你起初也不認識他，爲什麼一見就不喜歡？」韓琦說：「我見他額頭上隱隱有塊腫包，想必是磕響頭造成的，這個人肯定不怎麼樣，怎麼值得信賴？」

官場醜陋讓人心寒、讓人後悔讀太多書、讓人自覺被聰明誤了一生；官員太奸惡，文人太善良；官員太機巧，文人太單純；官員只想逢迎升等，文人只好明哲保身。

「我有我的夢想。」

「你當然有，但你也必須活在現實裡。」

58

領取而今現在

法國的侏儒大畫家羅德列克（Toulouse Lautrec，一八六四～一九〇一），小時候學習能力特強，可惜在十四歲的時候不小心跌倒，摔斷左腿；誰知禍不單行，幾個月後，母親帶他散步，他不慎跌落水溝，又把右腿折斷；從此，他腰部以下停止發育，成爲侏儒。

羅德列克不幸成爲侏儒；但他的藝術卻是在他雙腿折斷以後才開始的。

或許有人問：「如果羅德列克沒有折斷雙腿，說不定他還是會成爲大畫家啊！」

對此，羅德列克回答說：「我的雙腿如果正常，我也不畫畫了。」

二〇〇〇年美國Rosemary Kennedy International Young Soloists大賽冠軍得主許哲誠，出生時，父母發現他視障。求診於各地眼科名醫，但得到的回答是先天性視障，無法醫治。父母還是用心撫養，期待孩子能有一個屬於自己的未來。

許哲誠回應了父母的期待。他從小就對音樂極有天分，三歲時舅舅買了一台電風琴給他，他居然能彈出祖父唱的所有歌曲，八歲時入盲校，正式學鋼琴。老師認爲他是音樂奇才，便讓他轉到音樂學校。在父母、親友的鼓勵下，許哲誠以優異成績進入奧地利GRAE音樂院深造。他曾多次參加國際鋼琴大賽，表現優異，令人側目。

此外，二〇〇六年布拉格音樂大賽台灣北區的冠軍，是由台北市一位十四歲全盲生許富雅獲得。許富雅是二十三週的早產兒，一歲之前檢查眼睛，已是視網膜剝離第五期，要醫治已太晚了。全盲的她，從小就加強聽覺及觸覺，四歲半開始學琴，不曾間斷。由於她鍥而不捨，琴藝不斷精進，參加二〇〇六年勝利杯大賽，獲第一名；此外，同年的布拉格音樂大賽台灣北區初賽，她以全場唯一全盲選手身分，與其他十位七年級一般學生同場較勁，獲第一名，她是參賽者年紀最小的，也是青少年組鋼琴賽唯一未滿十六歲的選手。

忽然想到朱敦儒（一〇八一～一一五九）的那首〈西江月〉：

日日深杯酒滿，朝朝小圃花開，
自歌自舞自開懷，且喜無拘無礙。
青史幾番春夢，紅塵多少奇才，
不消計較與安排，領取而今現在。

對於世事無常，人間苦難，「不消計較與安排，領取而今現在」；但是，如果不領呢？不領，會有何結果？

「不幸」可以視爲一種財富，只是很少人可看得出這樣的財富。既然很少人看得出這樣的財富，更談不上運用了。

錢不用會怎樣？當然是留在自己身邊。不幸既然是財富，財富不用會怎樣？如果不用掉，不幸會一直留在身邊。所以擺脫不幸的方法，是運用。錢要花出去，花掉就沒了，不幸要用掉，用掉就沒了。

「不幸」要怎麼「用」？

不幸不是壞事，你可以藉機休息，因爲你很累。你可以看清誰在落井下石，因爲人們具有欺負弱者的本性。你可以得到你意想不到的溫暖，你會感動到想哭。

你可以再一次看清自己，知道自己有幾斤幾兩重；認清什麼是生命中最重要的事。認清了之後，不會再爲不值得生氣的人生氣，你的思路會更清晰、更透澈，你的人生境界會整個提升起來，你的人生格局會整個拉高起來。

要會用不幸，領取而今現在；不幸要用掉，用掉就沒了。

59

機智的圓融

美國總統雷根（Ronald Wilson Reagan，一九一一～二〇〇四）天性幽默，反應特快。有次在白宮發表演說，過程冗長，枯燥無味。在座官員記者，昏昏欲睡而不敢，默默祈求總統先生趕緊結束這場人神共眠的演講。就在此時，大家忽然聽到「咕咚」一聲，往聲音來源看去，原來是第一夫人南西，從椅子跌到地上。她看了大家反應，不慌不忙，正襟危坐。所有的人愣了三秒，馬上會意：第一夫人打瞌睡，盹到地上去了。大家面面相覷，不知如何是好。總統演講，第一夫人竟敢帶頭打瞌睡，還從椅子滑落到地，實在不可思議，畫面太過滑稽，但此時誰又敢笑出來？

雷根看了寶貝夫人一眼，確定她沒有受傷，又看了忍笑忍到快要內傷的官員和記者，對夫人說道：「親愛的，我不是告訴過妳，只有在我演講得不到熱烈掌聲的時候，妳才這樣做的。」

一陣笑聲和掌聲，雷根化解了尷尬。

朱熹也很擅長化解尷尬。有一次，朱熹到在外任職的女婿家，女兒朱兑因家貧只能準備蔥湯、麥飯招待許久不見的老父，心中實感內疚。知女莫若父，朱熹笑著說：「沒關係。別介意，這菜餚很特別，當然美味可口。」吃完飯，朱熹走進書房，寫下一首詩：

蔥湯麥飯兩相宜，蔥補丹田麥療饑，
莫爲此中滋味薄，前村還有未炊時。

女兒看過慈父這首詩，臉上頓露寬慰的笑容。

又想起宋太宗的故事：宋太宗時，孔守正爲殿前虞侯。一天，他侍奉太宗酒宴。在宴席上，孔守正喝得大醉，與王榮在太宗面前爭吵起來，越吵越無節制，酒後失態，全無臣下的禮節。侍臣奏請太宗將二人送吏部治罪，太宗不同意，派人將他們送回家。第二天，兩人酒醒，同到殿前向太宗請罪，太宗說：「朕也喝醉了，記不得這些事了。」太宗託辭自己酒醉，既不失皇帝的體面，也可以不苛求大臣的失態，豈不兩全其美？

與人互動，事事圓融，還是非常重要的。

尼采說：「讓每件東西的價值都被你重新決定。」其實，圓融就是「讓每個『場面』的價值都被你重新決定」。做一件事自己喜歡，也帶給別人歡喜，是最開心的事。

圓融是一種最好的生命潤滑劑、調節器。卡住了當然跑不動。潤滑一下，走得更順。太緊要調鬆：開自己一個玩笑、放自己一天假。

圓融有點像自娛娛人。其實，如果自娛的效果已經達到，娛不娛人也無所謂；然而，一般人很少自娛。很少自娛的原因是：不敢。

我們的生活給了我們怎樣的壓力？我們連自娛釋放壓力都不敢？我們的學校給了我們怎樣的教育？我們連自娛的方法都不會？

自娛很簡單，效果卻比自己想像來得大、來得好。

圓融是自娛，圓融是退讓。你一旦與生活妥協，就不再在乎生活是甜蜜還是悲苦了。

60

你最想被人懷念你的哪一部分？

愛爾蘭劇作家蕭伯納（George Bernard Shaw，一八五六～一九五〇）曾於一九二五年獲諾貝爾文學獎。他以高齡九十四歲辭世，生前他就爲自己題了一段墓誌銘：「我早就知道無論我活多久，這種事情一定會發生的。」

一九三三年二月，蕭伯納在上海宋慶齡家的花園裡散步，陽光明媚，在場的蔡元培對蕭伯納說：「先生，你眞有福氣，在上海看見了太陽。」

蕭伯納聽了，笑著說：「不，這是太陽的福氣，可以在上海看見蕭伯納！」

忽然想到陸游（一一二五～一二一〇）的〈看梅絕句〉：

老子舞時不須拍，梅花亂插烏巾香。
尊前作劇莫相笑，我死諸君思此狂。

陸游自號「放翁」，並在詩中這樣解嘲：「名姓已甘黃紙外，光陰全付綠樽中。門前剝啄誰相覓，賀我今年號放翁。」從此，「放翁」便和他的詩名同著於世。

「放翁」是放下，晚年他宦海沉浮，飽經憂患，作品清淡曠遠，頗有「看盡人生，放下一切」的蒼涼感慨。

「放翁」是放誕，復國抱負和個人功名事業長久得不到伸展的陸游，常以「脫巾漉酒，拄笏看山」自得其樂。

「放翁」是釋放，陸游在琵琶腰鼓、舞衫香霧中尋求精神寄託，釋放巨大的精神壓力，被同僚指責爲「不拘禮法，恃酒頹放」也毫不在意。

「放翁」是綻放，不僅在詩中抒發了對國家的熱愛，同時還嚴厲譴責腐朽無能、苟安求和的朝廷。

蕭伯納和陸游這類龍鳳資質的人，他們最想被人懷念自己的哪一部分？

一九四六年諾貝爾文學獎得主，德國的大文豪赫塞（Hermann Hesse，一八七七～一九六二）在〈荒野之狼〉裡說：「大多數的藝術家，兼備兩個靈魂和兩種特質。在他們身上有上帝與魔鬼、父親的血液和母親的血液、享受幸福的能力和接受痛苦的能力、兩種存在的對峙糾纏。所以，這些人無法過寧靜的生活。」

「無法過寧靜的生活」，這是天賦，也是詛咒，沙特這樣抒解自我：「我之所以喜歡我的瘋狂，乃是它一開始就曾保護著我，使不受『社會名流』之害；我從未想過我是擁有『天才』的幸運兒，我唯一關心的是以工作和信心來拯救我自己——這一個一無所長，一無所有的人。」

但是，一個人好好活著，「正常」一點，不要那麼狂放，收斂一點、內斂一點，不行嗎？

波希米亞詩人里爾克（Rainer Maria Rilke，一八七五～一九二六）說：「別現在就尋找答案，現在還不能給你答案，因爲你還無法活出它們。重點是，活出每一件事。現在就去活你的問題。然後也許你會不知不覺地，朝向遙遠的某一天，活進了答案之中。」原來，只有盡情享受才華，揮霍才華，才不會找不到生命出口，處處動輒得咎；那麼，後人所懷念的，就是百分之百原味的自己。

元

東村裏雞生鳳，南莊上馬變牛，六月裏裏皮裘。
瓦壟上宜栽樹，陽溝裏好駕舟。
甕來的大肉饅頭，俺家的茄子大如斗。

61

一無所有就一無可失

印度聖雄甘地（Mohandas K. Gandhi，一八六九～一九四八）有一次搭火車時，腳上的一隻鞋不小心被擠掉，落在鐵軌上。這時火車已經要開了；當下，甘地立刻將另一隻鞋子扔到那隻鞋的旁邊。同行友人困惑不解。甘地笑著說：「讓撿到的人有一雙鞋子吧！」連一隻鞋都沒有，就無法再掉落一隻鞋，因爲無鞋可掉了。這是讓自己「一無所有就一無可失」的哲學。

「一無所有就一無可失」，這裡的一無所有，不是自暴自棄，也不是故作大方；讓自己一無所有是氣勢、是大捨、是歸零。

想起關漢卿（生於約一二二九～一二四一年，卒於一三〇〇年前後）的〈四塊玉．閒適〉：

南畝耕，東山臥，

世態人情經歷多，閒將往事思量過。
賢的是他，愚的是我，爭什麼？

「爭什麼」？但歸零並不容易。因爲人的本性是向外抓東西；只不過，有時會抓到燒紅的炭火。

人生的種種無奈，其中之一就是：自己常常莫名其妙被捲入某場事不關己的戰爭中，該戰爭既無聊又無意義，只是白白浪費自己的時間和精力。在一場錯誤的戰爭裡，誰都不是贏家。在這種情形下，即便是贏，也贏得莫名其妙、不痛不癢。

事不關己卻身不由己，這是無奈中的最無奈，這時候，自己千萬不能生氣，因爲越生氣只是顯示出自己是多麼在乎這場事不關己的錯誤戰爭，只會讓自己白白浪費更多原本不該浪費的人生精華。

不生氣，怎麼辦？

要逆向操作——歸零。

老天弄掉我一隻鞋，我就偏偏不生氣、不懊惱，我就偏偏自己再丟一隻鞋。命運越要我不高興，我就越給它高興；完全跟它相反。告訴自己，找一些開心的事來做，找一些開心的朋友聚聚；如果是自己一個人，就去做自己最愛做的事。

很多時候你輸了，其實你贏了。不能嘲笑戰爭，還打什麼仗。小樹只有長成大樹才有意義。你如果看不出這一點，下一次你認爲你輸的時候，你就眞的輸了。生活的目的不是消滅不幸，是把不幸減到最低；人生有痛苦，接受就好。我就是這樣保持快樂。不承受痛苦，不知自己能做什麼；因爲，意識到自己的問題，跟實際解決自己的問題是兩回事；人們會學習，但不容易改變，這就是爲什麼有時候越努力，離目標卻越遠。

傷害不是因爲外在事物造成的，而是你對它做何反應的結果。有時傷害沒有你想像的大，因爲有些人會無中把傷害誇大了，有時候眞實情況遠比你想像中的更美好，情況沒有你想像的糟，你可以決定怎麼結束。

你有沒有注意到，人們在面對苦難時的意志力有多麼驚人？常常當我們失望，以爲失去了一切，才驚訝於我們的無限潛能。沒有不幸，只有無能。包括缺陷的完美，才是眞正的完美。

別因自己的可悲而把事情搞砸，順從已知的事總是容易的。生命的本質帶有苦味。所以，如果你覺得人生很苦，那是因爲人生本來就是。有時不要活得那麼清醒，反而比較好。你不喜歡你所看到的這個世界，而不是不喜歡這個世界。

「你知道停電以後的冰箱嗎？」

「什麼？」

「別再開開關關，那只會使裡面的菜更快壞掉。」

記住：站著，挺住，別倒下。遊戲終了，就知道誰贏。

62

女人的愛情世界與視界

名男人看女人：

・尼采：「女人要眞正像女人一樣去愛，才能變成十足的女性。」
・巴爾札克：「生命的最高目的，男人是光榮，女人是愛情。」
・拜倫：「女人只要一句讚美的話就可以活下去。」
・叔本華：「我們不能對女人期待太多。」
・雨果：「世上有很多可愛的女人，但沒有完美的女人。」

我的一位朋友愁眉苦臉跟我說：「當女友說可以的時候，意思是可能；當她說可能時，意思是不行；當她說不行時，她就不是女友了。」我只好安慰朋友：「男人總愛認爲女人喜歡被疼、被寵、被愛的感覺，但事實並非如此；她們更喜歡你尊重她、聽她說話，讓她成長。」

「她想買沙發，但我覺得沒必要。」

「你當然不覺得，你是男人。」

「什麼意思？」

「對男人來說，沙發只是椅子。」

「難道不是？」

「當然不是。女人把沙發當成表達品味的方式。」

「我想表達的是，沒有壞，不用換。不該買的東西，即便再便宜，都是浪費。」

朋友不服氣，還想說什麼，我比他先說：「愛情不是科學。」

「什麼意思？」

「不必照邏輯。」

男女的愛情世界與視界當然有差異，不論一位女生有多喜歡這個男生，她還是會期待這個男生花更多心思來贏得自己的芳心。元曲裡的那首〈正宮〉〈叨叨令〉：

溪邊小徑舟橫渡，門前流水清如玉。

青山橫斷紅塵路，白雲滿地無尋處。
説與你尋不得也麼哥，尋不得也麼哥。
卻原來儂家鸚鵡洲邊住！

一名村姑與一個年輕小伙子邂逅，一見鍾情。小伙子問她住處，她卻故布疑陣，大賣關子：「你要來我家？好。先沿著山溪邊的小路走，到了渡口，坐上小舟，到對岸。上了岸，看到一條清如碧玉的溪，蜿蜒過一家農戶門前，那就是我家。我家風景超美，超好認的：山巒疊翠，阻隔了通往外邊繁華的路，有時雲霧繚繞，讓外人找不到，就算你走到我家門口，我也怕你找不到喔。」

最後才俏皮的説：「我就住在鸚鵡洲旁邊啦！」

林語堂《女論語》裡認爲：「男子只懂得生命哲學，女子卻懂得人生。」女人的愛情世界與視界，跟男人相較，豐富程度或有不同，角度寬廣當然有異；但是，如果跟愛情有關，你最好相信你的衝動。

值得注意的是，這種衝動有可能使笨的人變聰明，聰明的人有智慧，有智慧的人更成熟穩健。

愛情是一種必須的存在，不是因爲它給人甜蜜或痛苦，而是因爲它是愛情。

愛情是懸掛在某種巨獸的牙齒上。如果上帝揭曉愛情的奧妙來讓你精通愛情，你會感到十分尷尬窘困：由於無聊至極，你將不知所措。

愛情是一種生活智慧、一種看法、一種灑脫、一種包容，更是一種讓自己更成熟的工具。

「除非你變成自己丈夫的母親，否則就不算成爲一位眞正的妻子。」有趣的是，一個聰明絕頂的女人，不一定可以操控一個笨男人。

63

你的祈禱沒有被接受

有一位信仰虔誠之人，總是不斷祈禱。路人看了，冷冷地說：「你的祈禱，上帝沒有接受，所以它們都不會有什麼結果的。」

這人聽了以後高興得跳了起來。

那路人說：「難道你聽錯了？我是說你的祈禱沒有被接受。」

這人說：「我沒聽錯，這就是我歡呼的原因，聽到這個消息我太高興了。」

「爲什麼祈禱沒有被接受還這麼高興呢？」

「因爲上帝知道我在祈禱。如果祂說我的祈禱不被接受，那就表示祂已經知道我有祈禱。接不接受在祂，祈不祈禱在我；祂有祂的旨意，我不打擾。或許祂認爲不接受我的祈禱更好，那對我來說也很好。」

《馬太福音》第七章第七節說：「你們祈求，就給你們；尋找，就尋見；叩門，就給你們開門。」

但是，如果請求而無賜予，尋而不得，敲門無回應，是否就不信仰？一個人應繼續他的信仰，不管結局會是怎樣；然而，有人祈禱沒有被接受而安然接受，有人卻再接再厲，鍥而不捨；不過，這種「不捨」到底值不值得？

《韓非子》裡的和氏璧故事大家耳熟能詳：

春秋時楚國人卞和，在荊山覓得玉璞，第一次獻給楚厲王，被認爲是石，刖其左足，第二次獻給楚武王，又被指爲石，刖其右足。楚文王即位，他抱璞在山下哭了三天三夜，哭到無淚可流，直接流血。文王使人問之，他說：「吾非悲刖也，悲夫寶玉而題之以石，貞士而名之以誑。」楚王使人雕琢，果得寶玉，稱爲和氏之璧。

但馬九皋〔中呂〕〈朝天曲〉有不同解讀，他認爲卞和根本不該去爭取統治者的賞賜，根本不應獻璞給楚王：

卞和，抱璞，只合荊山坐。
三朝不遇待如何，兩足先遭禍。

傳國爭符，傷身行貨，誰教獻與他？
切磋，琢磨，何似偷敲破？

作者反問：前兩次獻玉，被砍雙腳，第三次不遇，該受何刑？統治者不識美玉是多數，第三次不過是運氣好，遇到相信你的帝王。對統治者來說，寶玉是你爭我奪的傳國之寶；而對卞和來說，它只會惹禍上身，誰教你去獻給楚王呢？得了璞玉，是禍非福，不如偷偷敲破，將它毀棄，反倒可以免禍。

但是，站在卞和的角度，他相信統治者會接受他，這是他唯一的信念，當你只有一個信念，它就會是你生命的全部；一旦你失去它，沒有東西撐住你生命，你立刻垮掉。

卞和祈禱沒有被接受，被誤會拿石頭想充當寶石。一般人被誤會，會跳腳、會著急、會解釋、會這個、會那個，彷佛全天下自己最冤枉、最委屈。

不辯正，不解釋，誤會就誤會，保持無聲。因爲這是一種提升自我境界最好的方法；也是一種自我測量深度最好的量尺。

如果逆向思考呢？卞和爲何不學學那位祈禱沒有被接受的人，喜樂接受？幸福，有時要從反面看。

話說有隻獅子不小心被骨頭鯁住喉嚨。於是獅子宣布，如果有誰能爲牠從喉嚨裡取出骨頭，給予重賞。一隻白鶴飛了過來，表示願意幫忙。白鶴讓獅子張開大口，把頭伸入獅子口中，利用自己的長喙巧妙地將骨頭夾出。

白鶴完成不可能的任務，很高興地說：「獅子先生，我已幫你取出骨頭，你要給我什麼獎賞呢？」不料獅子不悅地表示：「把頭伸入我的口中還能活著出去，這就是獎賞。這就足以讓你感到自豪，再也沒有比這件事更大的獎賞了。」

幸福要從反面看，不是能爬多高的山身體才算健康，反過來看，身體可以慢跑，就算狀況不錯了。

人生有時候不得已，要「往下比」。往下比不是爲自己找藉口、也不是安慰自己，而是一種轉換。

別忘了，人生還有很多事要做，千萬不要浪費時間。

64

玩世哲學

文藝復興三傑之一的拉斐爾（Raphael，一四八三～一五二〇）在二十五歲時，即以一流大師的聲譽受聘赴羅馬爲教皇宮廷作畫。某日，拉斐爾正專注作畫，兩位紅衣主教站在一旁觀看，竊竊私語後，以半開玩笑的口氣批評：「他把耶穌的臉畫得太紅了。」拉斐爾停下筆來，鄭重回答：「我是故意這麼畫的，因爲天父看到你們管理教堂的方式和結果，感到羞愧。」

眞正的藝術創作者都是很有個性的。明朝著名書法家祝允明（一四六〇～一五二六）的故事：有位富商得了一幅畫，靈機一動，附庸風雅，請祝允明題寫點什麼，但富商慳吝成性，派人只送了十兩銀子給他。祝允明點點頭，收下銀子，微微一笑，在畫上題了四句：「東邊一棵大柳樹，南邊一棵大柳樹，西邊一棵大柳樹，北邊一棵大柳樹。」叫人送回富商。富商一見，哭笑不得。第二天，商人加送銀子二十兩，請祝允明題名，祝允明給詩續了以下幾句：「任憑你千絲萬縷，也繫不得郎舟住，這邊啼鷓鴣，那邊喚杜宇，一聲聲叫道：

行不得也哥哥，不如歸去！不如歸去！」富商拍手叫好，大喜而去。

千萬別用金錢來衡量、或是用無聊的玩笑、世俗的低級眼光來汙辱眞正的藝術創作者，他們鋒芒內斂，若汙辱他們，只是自取其辱。

又想到鍾嗣成〈約一二七九～約一三六〇〉的〈醉太平〉：

風流貧最好，村沙富難交。
拾灰泥補砌了舊磚窯，開一個教乞兒市學。
裹一頂半新不舊烏紗帽，
穿一領半長不短黃麻罩，
繫一條半聯不斷皀環絛，
做一個窮風月訓導。

我這個人風雅自在，行事流暢，可不願和庸俗野蠻的富貴名人打交道；專愛認識下層的貧苦之人，因爲跟他們交往，融洽愉快，話語投機。嫌貧愛富是人之常情，我卻喜和灰泥工、補破窯、燒磚瓦的人作朋友。我辦了一所學校，專門讓窮人家的孩子來上。我戴一頂半新不舊的帽子，穿一件窮人穿的麻布短褂，腰上圍著一條黑色腰帶。甘願作個窮教員，開心自在，清貧生活，自得其樂。

落魄文人，要自我調適，最好是玩世不恭，蔑視禮法；從憤懣不平裡，以自己的玩世哲學豁達開朗，開一片新氣象，走出自己的新天地。

要讓被你批評的對象血壓高，你不能先氣到胃潰瘍；即便你看不慣而生氣，也要用一種傷人而不傷己的方式處理。否則他傷你也傷，兩敗俱傷，何苦來哉？說不定他未傷而你先氣到內傷，得不償失，愚蠢至極。

苦中作樂，作出來的樂也是苦的。但人生法則，就算是眞正的樂，其中難道不可能蘊含一絲絲的苦？難道現在的樂果不會成爲未來的苦因？要不然人們也不會樂極生悲了。

每件事都這麼快樂，人生不就毫無樂趣？

人生沒有早知道，只有結果，你看到的，都是已經發生你也無法改變的結果。人們總愛說「早知道」、「早知道」。我後來才知道：有些事就算是早知道，也莫可奈何。

常常期待落空，再強的人也準備躺平了。期待落空之後，千萬別再開什麼檢討會。如果在心中自我檢討，只會讓自己又再一次複習失望、甚至更快遭到同樣的失望罷了，這樣只會讓自己更難受。

期待落空，趕快振作，振作只有一個方法：給自己希望。

要怎樣給自己希望？當然是趕快期待另一個全新的機會，表面上是靜態的「期待」，但是這其中卻隱隱包含了一股積蘊在你心中的力量，默默引導著你，自己製造機會，自己增加贏的機會。

發生任何事，你只要想想王竹語書中是怎麼寫的，然後做相反的事，你或許可以順利解決的。

65 社會的最基層，人格的最高層

一九二四年出生於神奈川縣的日本作家草柳大藏，一九八四年獲NHK廣播文學獎。東京大學畢業的他，曾創辦《新潮週刊》、《女性自身》等刊物。著有《當愛出生時》、《企業王國論》、《論語與算盤》、《實錄．滿鐵調查部》。

他回憶父親對他的一段教育影響，非常動人：

父親是一名石工，從未上過學，終其一生都與石頭為伍。

我記得每當他工作結束，要去公共浴室前，總在家中的井邊先沖水。我覺得奇怪，便問：「爲什麼先沖水？去公共浴室再洗就好啦。」他生氣地回答說：「傻子，公共浴室的人多，脱下衣服一身汗臭味，給人聞了多不好意思！」

我陪父親一起到公共浴室，看見父親脱衣後，走向浴池時，一路上總向旁人說：「我身體涼，對不起！」這是因爲別人已洗過，身體是溫暖的，父親擔心自己冰涼的身體碰到別人，會引起對方反感，所以一路提醒人家。

草柳大藏最後有感而發：「不讓別人聞到汗臭，而先在井邊沖水；又擔心別人溫暖的身體碰到自己冰涼的身體，一路說著抱歉，這就是以前的工人與別人的相處之道。雖然他們學問淺薄，卻能用很體貼的方式來對待別人、為別人設想。」

「雖然他們學問淺薄，卻能用很體貼的方式來對待別人、為別人設想。」這眞是最動人的質樸。他們學問淺薄，說不出冠冕堂皇的大道理，也不會搞沐猴而冠的小動作，但他們很眞：做事很眞，對人很眞，心態很眞，跟他們相處，只有一種感覺：很舒服。

來看陳草庵（一二四五～一三二〇後）〈山坡羊．嘆世二首〉（其一）：

伏低伏弱，裝呆裝落，是非猶自來著莫。
任從他，待如何？天公尚有妨農過。蠶怕雨寒苗怕火。
陰，也是錯；晴，也是錯。

我絕不高姿態，刻意把身段放低，雖然處處裝呆子、裝傻子，但事不關己的是是非非還是找上我，糾纏不停，只好任憑他們擺布，看究竟要把我怎樣。轉念一想：對不同行業的人，老天爺尚會妨礙到農務：在養蠶時節，蠶兒怕下雨受潮，絲業卻希望太陽越大越好；但對農家而言，田裡的秧苗又怕太陽過熱，曬爛新苗。豈不是陰呀也是錯，晴呀也是錯，這也不是、那也不是而被人抱怨，無法兩全其美，讓每個行業都滿意。萬能的老天都如此，我一個小小的平民，受些委屈又算什麼？

法國思想家孟德斯鳩也說：「我愛農民與鄉巴佬，因爲他們沒有足夠的學理與教化說出高明的謊言。」小市民自有他們的哲學，小市民自有他們的智慧。

認識一位麵攤老闆，永遠笑嘻嘻的。有一次我問他：「你怎麼讓自己不發脾氣？如何處理怒氣？」

「不處理。因爲它自己會消去。」

我想了一下，又問：「你求神拜佛嗎？」

「我從不，因爲我認爲如果沒有需要擔憂的事，也不需要求神拜佛了。」

「所以你相信時間會治療一切？」

「時間會不會治療一切，我不知道。我只知道行動才會治療一切。我每次不高興，我都拚命工作。」

「你一生最大的目標是什麼？除了賣麵。」

「我其實不喜歡工作，也沒有遠大的抱負，我的目標很小，只有一個。那就是：賺足夠的錢來做我喜歡做的事。」

66

珍惜所有，相信幸福

勃朗寧（Robert Browning，一八一二～一八八九）是英國維多利亞時代著名詩人，十四歲讀完五十冊的《大傳記》，語言天分極強，通曉法文、義大利文、拉丁文、希臘文。十六歲讀倫敦大學，認為教授的進度趕不上自己的程度，自動輟學，在家自修。一八四五年，勃朗寧讀了伊麗莎白・芭瑞特（Elizabeth Barrett）關於當代詩人的論述，其中就有提到他。勃朗寧一讀傾心，大為激賞，立刻展開熱烈追求。伊麗莎白在當時頗負盛名，詩壇地位僅次於丁尼生和華滋華斯（William Wordsworth）。勃朗寧寫信給伊麗莎白，要求見面，卻一直被拒。兩人直到五月才第一次正式見面。雖然伊麗莎白長勃朗寧六歲，長年臥病，而且父親嚴厲反對，他們仍於隔年九月私訂終身，並到義大利定居。伊麗莎白的父親一怒之下與她斷絕父女關係。

對戀愛中人，年齡不是問題，父親的反對更不被放在眼裡；能贏就贏，把握機會，因為世事多變，你無法保證你的思想與行動會永遠一致，人們很容易因為一些雞毛蒜皮的事而浪費人生精華，更別說是一些重大事件，它會改變人生計畫，甚至改變你的人生觀、你的個性。

勃朗寧還是幸運的，能與鍾愛之人相守。來看元朝珠簾秀的故事。

珠簾秀本姓朱，是元初著名女伶。元初女伶的特點是戲路較寬，除平陽奴專演以綠林人物為主角的綠林雜劇外，也擅長駕頭（以皇帝為主要角色的劇目）、閨怨、花旦等雜劇，或是「旦末雙全」，表演以唱為主。元末夏庭芝所撰《青樓集》說珠簾秀「雜劇為當今獨步；駕頭、花旦、軟末泥等，悉造其妙」。元代後輩藝人尊稱之為「朱娘娘」。她和諸多元曲名家有互動，尤以盧摯（一二三五～一三〇〇）為甚；然而，一為青樓女伶，一為翰林學士，好景難持久。珠簾秀離去時，盧摯十分難過，贈小令一曲：

才歡悅，早間別，痛煞煞好難割捨。

畫船兒載將春去也，空留下半江明月。

一曲歌罷，珠簾秀深為感動，離情倍增。寫下了〔雙調〕〈壽陽曲〉：

山無數，煙萬縷，憔悴煞玉堂人物。
倚篷窗一身兒活受苦，恨不得隨大江東去。

看山一重又一重，數不清望不盡，雲氣千絲萬縷，迷迷濛濛，離人的視線也模糊。是煙？是淚？望君珍重，勿因別離而憔悴。我在船上，倚窗而立，心中之苦無可言喻。如果不能隨我愛之人而去，那我寧願失去生命。

所有眼前你正在享受的幸福都可能瞬間消失，甚至突然變成災難。人生有很多痛苦的事，所以我們常常太重視我們的負面情緒，而忘了珍惜眼前看到的幸福，當下享受的甜蜜；還好，只要我們用心，就能體會出生命中最珍貴的是什麼；擁有這種體悟的最重要意義在於：短暫的幸福變永恆了。

「你給自己太多壓力了，你想完美，然後你要求對方完美；結果你受傷，然後對方受傷。」

「追求完美並沒有什麼不對。」

「前提是你會處理失敗後的情緒。」

女人帶給男人的感受，比女人本身更吸引人；所以，很多男人其實不愛女人，他們愛

「愛情」。

「你怎麼知道就是對方？」

「我不是知道，我是相信。」

「知道和相信有何不同？」

「相信才看得到，不是看到才相信。」

67

是誰擦亮人民的雙眼？

思想家羅素從蘇聯回到英國，他的感想是：「從蘇聯回來，更使我確信，善的東西只能在個人身上發現，而非社會。」又說：「我最害怕的東西就是群眾。」

群眾的什麼力量連思想家都會感到害怕？

一七九七年十二月十日，巴黎群眾歡欣鼓舞，夾道歡迎凱旋歸來的拿破崙。面對熱情激動的群眾，拿破崙卻說：「假如我被送上斷頭台的話，人民也會這樣快跑來看熱鬧的。」

毛澤東生前很喜歡引用列寧的一句名言：「人民的眼睛是雪亮的。」不知列寧有無思考過：是誰擦亮人民的雙眼？

來看張養浩（一二七〇～一三二九）〔中呂〕〈山坡羊．潼關懷古〉：

峰巒如聚，波濤如怒，山河表裏潼關路。

望西都，意躑躅。

傷心秦漢經行處，宮闕萬間都做了土。
興，百姓苦；亡，百姓苦。

據《元史．張養浩傳》：「天曆二年，關中大旱，飢民相食，特拜（張養浩）爲陝西行臺中丞……登車就道，遇飢者則賑之，死者則葬之。」此曲爲詩人奉命前往陝西賑災，途經潼關，看到因關中大旱而受苦的災民，發出深刻的感嘆：山峰重重，怒濤洶湧，潼關外臨黃河，內依華山，氣勢雄偉。西望長安，遙想廣大災民朝不保夕，自己卻坐享奉祿，不禁自慚，躊躇不前。那不可一世的秦始皇，那金碧輝煌的宮殿，早已塵歸塵，土歸土。朝代興盛，百姓要受苦；改朝換代，百姓還是要受苦。

興，百姓苦；亡，百姓苦。大漢天威又如何？大唐盛世又怎樣？

以古代田園詩爲例，在欣賞了一幅幅如詩如畫的怡然田園景像後，在領略了令人賞心悅目的種種農家風情後，讓我們不要忘了它們背後，有著些許知識分子的無奈與慚愧、熱情與憫愛；有著太多太多農民的眼淚與吶喊、憂心與苦難。

一千兩百多年前，憂國憂民的詩人杜甫看到「處處鬻兒女」的慘況，提出了「此曲哀怨何時終」的問題。何時終呢？杜甫後四百年，宋朝詩人范成大筆下又有「室中更有第三女，明年不怕催租苦」的哀悽。何時終呢？范成大之後不到一百年，李思衍又告訴我們爺爺賣孫子的悲劇。何時終呢？又過了一百年，明代的于謙還寫下「老翁傭納債，稚子賣輸錢」的悲慟。何時終呢？于謙後三百年，清代詩人李驥元記錄了「西安饑，鬻女者以斤計」。當唐朝白居易〈輕肥〉詩中有「是歲江南旱，衢州人食人」的慘烈，但一千年後，清代詩人魯一同作〈荒年詩〉五首，其中仍有令人觸目驚心的詩句：「戒人食牛人與畜，不見前村人食人！」從唐朝到清朝一千多年，一千多年來，古老的土地上，苦難竟是以「循環」方式出現的。

多少多少世代以來，農民供養了這廣大土地的所有人民，他們純眞樸實，勤於勞動而不怨天尤人，安分守己而樂天知命，他們是那麼逆來順受，令人疼惜與愛護，値得尊敬；但是，他們卻被剝削、被壓榨、被欺負、被這個、被那個，用血汗和淚水供養別人，換來的只是苦難，他們代表封建社會下層人民被犧牲的呼喊，他們象徵廣大中國人民的民族性。從一個傳統農夫眼裡，你可以看到一個民族的柔順與剛毅；在一個傳統農夫身上，你可以看到一個民族所負載的辛酸與羞辱。今天，當我們陶醉於中國文學燦爛輝煌的篇章時，當我們以文化歷史自豪時，我們千萬不要忘記：任何盛世的統治者都不該驕傲，也沒有理由驕傲，興，百姓苦；亡，百姓苦，多少千千萬萬的勞動人民，他們是輝煌下的灰燼；多少千千萬萬的下層平凡百姓，他們是自豪背後的卑微與屈辱，讓我們給卑微一點尊敬，讓我們給灰燼一些懷念，他們代表的，才是人性不被環境征服的眞正韌性；他們象徵的，才是眞正的土地之子。

68

謊言有幾種？

美國洛杉磯醫學院的金格博士通過對人類謊言的觀察和研究，把各式各樣的謊言概括爲四種類型：

一、操縱的謊言：說謊者以假話操縱他人意志和行爲，使受騙者按照他們的意圖行事。（如：詐騙集團）

二、逃避的謊言：利用種種藉口製造謊言，推卸責任或逃避某種情境。（如：學生藉口請假）

三、炫耀的謊言：誇大自己的能力、成就和榮耀，引起他人的注意、羨慕或崇拜。（如：政客）

四、誇張感情的謊言：爲了激發人們的惻隱之心，透過裝病、痛苦的可憐模樣，來博得他人的關心、同情和正義感。（如：犯罪坐牢者故意裝病）

元曲〔商調〕梧葉兒〈嘲謊人〉提到謊言有三種：

東村裏雞生鳳，南莊上馬變牛，六月裏裏皮裘。
瓦壟上宜栽樹，陽溝裏好駕舟。
甕來的大肉饅頭，俺家的茄子大如斗。
第一種：無中生有，不合情理（雞生鳳，馬變牛，六月裏皮裘。）
第二種：移花接木，不合邏輯（瓦壟栽樹，陽溝駕舟。）
第三種：誇大荒謬，不符事理（像甕大的饅頭，像斗大的茄子。）

「每分鐘都有一個笨蛋會上當。」
「沒辦法，我們活在一個充滿騙子的社會。」
騙子最大的可悲不是無法面對大家，而是無法面對自己。這是弱者的本質，也是弱者的特性。

騙子或多或少都有點自卑感，他們不會因為欺騙而為自己帶來任何成就感或優越感。不論撒多大的謊、不論說多麼漂亮的謊言、不管有多少人受騙、不管騙局多麼精彩、騙術多麼成功，都不會給自己帶來一絲絲一毫毫的快樂和滿足。

說謊者的悲哀不在於他所說的，而在於他以爲別人跟他一樣愚蠢。

爲了保護自己而說謊並不可恥，說謊本身其實是一個非常有創造力的過程；當你不知何謂騙，你被騙時也不知——如果每個人都知道是謊言，那謊言還算是謊言嗎？

扯謊也要有技術，要不然自我誇耀的下場，很容易被拆穿；然而，愛說謊的人卻不能忍受別人對他說謊。所謂「對己能眞，對人無僞」。在人際互動過程裡，要對人眞，先要對自己眞；而對自己眞，不是滔滔不絕說自己多眞，因爲一個人越談論自己就越像在說謊。

「坦白是最好的策略」；坦白使別人了解你，說謊使別人更了解你——那個虛僞的你；當然不可忘的是，雖然有時對自己說謊來安慰自己是最好的安慰，但水能載舟，亦能覆舟，不要用謊言羞辱自己，不可不愼。

「要說謊，先要有好的記憶力。」——這句話錯了，越愛說謊的人，記憶力越差。

在「知己知彼」這個範疇裡，女人是勝過男人的，男人千萬不要不服氣。女人的直覺是最準的，尤其當媽媽以後。如果是對自己的丈夫和小孩，那更是準得不得了。所以小孩說謊，媽媽一定知道；丈夫企圖說謊的時候，太太已經知道了。

「謊話的存在，驗證了眞理。」——這句話也錯了。謊話從不能驗證什麼，謊話到處被散布，這種情形只是告訴我們：我們對眞理的宣揚、維護、發展、闡述、深化，努力仍遠遠不夠。

第一流的思想家，加油吧！

69

權力四變

美國布道家富司迪（Harry Emerson Fosdick，一八七八～一九六九）曾說：「一開始你獲得權力，然後你運用權力，隨後你濫用權力，最後你喪失權力。」

元仁宗延佑元年（一三一四年），仁宗正式登極，特拜二十八歲的貫雲石（一二八六～一三二四）爲翰林學士。一時間，館閣之士都爭先一睹爲快這位赫赫有名又受皇帝特別青睞的奇才。貫雲石呈萬言書，陳述國事，切中時弊；皇帝看後，卻沒有採納。貫雲石思量：「古賢者寧願居於卑位，哪有貪戀尊位的？現在我擔任翰林侍從，高於原先所辭讓的軍職，一定會落得沽名釣譽、貪圖高位之譏，我該離去了。」於是，貫雲石稱疾，辭歸江南。

貫雲石深知權力的快速移動性與極度不穩定性，對他來說根本不值得留戀，他在〈清江引〉中有此自覺：

競功名有如車下坡，驚險誰參破。

昨日玉堂臣，今日遭殘禍。
爭如我避風波走在安樂窩。

追逐功名權力，如車走下坡，其中驚險危急，誰又能參破？昨日趾高氣揚的高官，說不定今天就被抄家殺頭。怎麼比得上我遠避風波險惡，窩在自己的小天地裡！

貫雲石在江南，遊山玩水，吟詩作賦。所到之處，大受歡迎：從小官員到大財主，從和尚道士到書院教員，極受仰慕。得到他的詩詞翰墨，隻言片牘，如獲珍寶。貫雲石思忖：「我就是不要這些虛名，但似乎擺脫不了，如影隨形。我乾脆到江浙一帶隱居。」於是，貫雲石隱姓埋名，混跡市井。

據史書記載，貫雲石辭職歸隱江南後，曾在臨安（今杭州）市中立一碑，上寫「出售人間第一快活丸」。有人去買，他就豪爽大笑，伸展開空空兩手給買者看；買者領會他意思，也就大笑著走開。

高官固然獲得權力，然後運用權力，隨後濫用權力，最後喪失權力，但背後縱容，甚至助紂爲虐，最後讓高官本身消失的「幕後老闆」，何嘗不是獲得權力，運用權力，濫用權力，喪失權力。一層一層，環環制伏，無窮無盡的鬥爭，誰能倚靠？誰能永保自身穩定？

有了權，很容易有錢。有了錢，又有更大的權，變成一種循環。有了權力，打破了人間獲取金錢的一般法則，所有不正當的都正當了，所有不合法的都合法了，賺錢的遊戲規則完全被打破。

遊戲規則一旦被打破，就有兩種情況：一是原本玩遊戲的人不想玩了，缺了這種人，減少了遊戲本身的樂趣，但還在繼續玩的人卻還察覺不出有人不玩了。二是玩的人還是繼續玩，但已經不是用原來的心態在玩了，這也破壞了遊戲的公平和味道。

有了權，可以有不正當的性。不正當、不正常的性使一個人墮落，使一個人從不愛錢到愛錢、從不愛權到愛權。

羅素說：「貪求的結果，一定會使你連應得的一份都落空。」權力、金錢、性，三者就像一個圓上的三點，互相牽引，它們三者都可以使人腐化、更不用說絕對的腐化了。

70

別再錯怪老天爺了

《荒漠甘泉》裡的一則故事。

一所聾啞學校裡，學生正在上聖經課，虔誠專注。剛好有位參訪的人經過，他就在黑板上寫了一個問題：

神既然愛你們，爲什麼使你們聾啞，反而使我能聽能說呢？

全班都愣住了，說不出話。過了一會，一個小女孩站了起來，她目中含淚，走到黑板前，拿起粉筆，寫下：

天父啊，是的，因爲祢的美意本是如此。

原來這一切的悲劇都是出自於上帝的美意，祂必定有其深意，讀到這裡，我終於能釋懷了。

說到錯怪老天爺，當然要看白賁（約一二七〇～一三三〇前）〔正宮〕〈鸚鵡曲〉：

儂家鸚鵡洲邊住，是個不識字漁父。
浪花中一葉扁舟，睡煞江南煙雨。
〔么〕覺來時滿眼青山，抖擻綠蓑歸去。
算從前錯怨天公，甚也有安排我處。

我本來漂泊江上，無依無靠，四處爲家，一字不識，既不知史書，又不管時事，雖然封閉自閉，卻自得其樂。

一葉扁舟，隨波逐流，細雨濛濛，我呼呼酣睡。

一覺醒來，雨過天晴，極目四顧，青山綠眼簾。

令我氣象一新，心胸一闊，之前我還一直埋怨老天——

原來老天對我自有安排。

《呂氏春秋．不廣》記載：北方有一種名叫蹶的動物，牠的前腿像老鼠一樣短，後腿像兔子一樣長。走得快一點，就會絆腳；一跑起來，就會摔跤。牠常採集一些新鮮的野草，送給不擅長找食物的蛩蛩和距虛吃。因此，每當蹶有什麼禍患時，蛩蛩和距虛就一定會揹著牠逃走。這樣做，正是善於用自己的長處來彌補自己的短處。

蹶沒有去怪老天爺：「祢為何把我腿生得這麼怪？」而是趕快截長補短，於是在不錯怪老天的覺悟後，長並不會變短，短反而因此增長，不顯其短。這是奇妙的雙贏。能夠有贏的機會，為什麼要選擇輸呢？

其實人生最大的快樂不在於你得到什麼，而是當你得不到時如何去面對你心裡的失落。缺點，或許是殘忍的事實，要學習去改善它、彌補它。生命，是上天給你的禮物；生活，是你給自己的禮物！叔本華也說：「能夠順從，就是你在踏上人生旅途中最重要的一件事。」

千萬別跟命運計較，因為，你永遠不可能贏。《列子．力命第六》有很好的提點：「幾乎就要成功的事，表面上似乎成功了，實質上並不成功；幾乎就要失敗的事，似乎表面上失敗，實質上並不失敗。所以，迷亂產生於相似之處，相似事物的界線是模糊難辨的。不被相似事物所困惑，那麼對於不易判斷之事物所造成的禍害也不會害怕，對自身得到的福分也不會沾沾自喜，而是隨著時機行動，順著時勢停止。隨順因緣，這有時還眞不是智慧所能判斷的。」

在這裡失去的，會在你不知道的那裡補償回來；在這裡形成的，在你不知道的那裡已經短少了。失去、獲得、成就、短少，這些互補變化是接連不斷，一直跟著人們到死；這些互補變化是多麼細微啊！又有幾個人可以察覺到呢？

我活得越久，就越相信：人生裡的好運，並不是你我在痛苦時所認爲的那麼分配不均。很多事情我們不知原因，所以也無法預知結果。天下萬物都有安排，只是我們有時需要別人提醒我們：時機未到，稍安勿躁，別錯怪老天爺了。

明

明日復明日，明日何其多。
日日待明日，萬事成蹉跎。
世人皆被明日累，明日無窮老將至。
晨昏滾滾水東流，今古悠悠日西墜。
百年明日能幾何，請君聽我〈明日歌〉。

71

我倆沒有明天

居里夫人家中只有兩張椅子，丈夫建議再添購椅子，客人來可以坐。居里夫人不同意，兩張椅子，夫妻兩人，一人一張，剛剛好。如果有椅子，客人來，坐下就不易走了。

愛迪生在七十九歲生日那天驕傲地對人說：「我已是一百三十五歲的人了。」因爲他有長達幾十年時間裡，幾乎每天工作十六個小時。

生命太短，你只能選你最該做的事，找最快的捷徑，愛值得愛的人，千萬別浪費時間。來看文嘉（一五〇一～一五八三）的〈明日歌〉：

明日復明日，明日何其多。
日日待明日，萬事成蹉跎。
世人皆被明日累，明日無窮老將至。
晨昏滾滾水東流，今古悠悠日西墜。

百年明日能幾何，請君聽我〈明日歌〉。

《列子．天瑞第一》裡記載，子貢對學習感到厭倦，就跟孔子說：「我眞想休息一下。」

孔子說：「人活著，就做該做的事。」

子貢說：「這樣說來，我就不用休息了嗎？」

孔子說：「可以啊！你看那個墳墓，高高的、大大的，像一座大土堆，又像一個倒扣的大蒸鍋，那你就知道你應該在哪裡休息了。」

無獨有偶，富蘭克林說過：「起來，懶人，不要浪費生命，在墳墓裡已經夠你睡的。」

很多人的人生，是一種沒有效率的人生。

你一定不服氣。

沒有效率的人生，意即時間浪費太多——被不相干的人浪費、被所愛的人佔去、被自己關心的人切割，一天之中，眞正，我是說眞正，屬於自己的時間又有多少？

馬克思認爲：「任何節約歸根到底就是對時間的節約。」節約時間可以提升人生效率，否則心猿意馬，事倍功半；然而，節約時間，不容外務干擾，實屬不易。必須心裡不存一絲雜念，用心專一。恰似唐代齊己禪師那首令人深思的〈掃地〉詩：「日日掃復灑，不容纖物侵。敢望來客口，道是主人心。」只有先把內心塵染掃乾淨，才能眞正用心專一；不過，人們常常掃地，卻常常忘了掃自己的心地；有形的地好掃，但無形的心地難掃。所以內心常常被外物干擾，無法專一。能夠心無雜念，專心一致，自然而然用心如一。

魯迅《禁用和自造》自我提醒：「節省時間，也就是使一個人所有的生命，更加有效，而也即等於延長了人的生命。」無意義的訪客帶來了生命，也帶走了生命。天才只能做自己該做的事，別再扯一些雞毛蒜皮、無關緊要、不痛不癢的瑣事。節約時間，提升人生效率。

依哲學家看法，年輕人有可能活得比老年人久。培根說：「一個人如果沒有浪費半點時間，那麼，他的年紀雖然很輕，但也可算是活得很久的了。」也就是把自己的才華推到極限，看看自己有多大能耐。

懶惰可以摧毀最獨特的天賦；活得越久，必須要完成的事也越多。有特殊才能、有絕高才華的人尤須自我警惕：不要被人浪費時間；一般人也該自覺，不要去打擾、干擾那些不該浪費生命的人，讓他們有更多時間去作自己應該做的事。

我一直覺得人應該過著沒有明天的生活。

72

先給予愛情，才得到愛情

《小王子》書裡說過：「我為我的玫瑰奉獻這麼多時間，我的玫瑰才變得如此重要。」哲學家兼教育家羅素為這句話作了最好的註解：「索求情愛的人並非就是得到情愛的人；得到情愛的人是給予情愛的人。」戀愛總是意味著希望與未來，像是奇蹟，也不是奇蹟；而幸福永遠是要付出代價的。

先給予愛情，才得到愛情。

來看明末王彥泓（一五九三～一六四二）給予愛情最多，最後終於得到愛情，〈滿江紅〉：

眼角相勾，誰道有、這場拋散！
怕向那、定情簾下，訴愁窗畔。
幾度卸妝垂手望，無端夢覺低聲喚。

猛思量、此際正天涯，啼珠濺。
欲寄語，加餐飯；難囑咐，魚和雁。
隔雲山牽挽，寸心如線。
善病每逢春月臥，長愁多向花前嘆。
況如今、憔悴去儂邊，何曾慣？

王彥泓年輕時，狂戀兄嫂的一名婢女，但爲家庭所阻，未能如願。此婢因此被逐出王家，一度淪爲歌妓，後來入觀當了道姑。但王彥泓對她的愛戀絲毫未減，反而與日俱增。崇禎元年（一六二八），王妻去逝；又過了七年，詩人四十三歲，終於助她脫離道籍，結爲夫婦。這闋詞寫於愛妻逝世前一年，以她的口吻說：「甜蜜憶當年，眼角傳情，誰能料到，兩情終還是被迫生分離散，觸景傷情，我每看到一景一物，都更能感受到你在我身邊。多少次，我卸妝後，凝望遠方，彷彿見你；多少次，我在夢裡呼喊你的名字，想到你此刻在天涯海角，我不禁悲傷落淚，想寫信給你，一方面安慰你，一方面表達自己積鬱多年的相思之苦，但今非昔比，人自成單，縱有魚雁，從何寄起？兩情相隔，如千山重雲，隔不住心中一縷相思。我面容憔悴離開你，教我怎麼過得慣？而你又怎麼過得下去？」

我有個朋友從不養寵物，他說分離時太難過。我想，男女關係也是如此。我們把愛放在我們相信的人身上。一位女性友人跟我說：「女人祈禱自己能嫁一個自己所愛的男人；我不同，我祈禱我能愛我嫁的男人。」

男人遭遇的困難比女人多，頭一件事就是他們必須忍受女人。愛情中的甜言蜜語，只能做一把好的雨傘，但不能做一個好屋頂，它的功用是暫時的、有限的。

「你喜歡哪種女孩？」

「我，我很特別，通常我只喜歡喜歡我的女孩。」

追求你沒有的東西很苦，擁有你不想要的東西很悲哀。唯一不會讓你失望的世界就是你自己的世界。

我沒有活在自己的世界，我只是偶爾退到裡面休息。

「妳是一個很特別的女孩。」

「我很平凡。」

「那就是妳特別的原因啊！讓天使歌詠愛情吧！我是凡人，只好歌詠妳。」

73

我和春天有個約會

哲學家兼詩人桑塔雅納（George Santayana，一八六三～一九五二）原籍西班牙，九歲移居美國。一八八六年在哈佛大學畢業後赴德國留學兩年，回美後獲博士學位。在哈佛大學上課時，他忽見窗台上的知更鳥，回頭向學生們說：「我與陽春有約。」（I have a date with spring.）宣布下課，向學校辭職。

忽然想起唐寅（一四七〇～一五二三）的〈言志〉詩：

不煉金丹不坐禪，不爲商賈不耕田；
閑來寫幅青山賣，不使人間造孽錢。

我不求長生不老，也不求神拜佛；不願爲榮華富貴奔波。我可以賣畫求生，但絕不貪贓枉法、中飽私囊；巧取豪奪、詐騙賄賂；勒索財主，剝削小民。

這位「江南第一風流才子」，是畫家，更是文學家，吳縣（今江蘇蘇州）人，從小才華洋溢，引人側目，眾所傾服。性格狂放不羈，寧王朱宸濠曾重金相聘，他佯狂以免。

從桑塔雅納到唐寅，他們的人格魅力中有一項最重要的特點：飄逸靈動。做正確的事，跟別人怎麼看你，是完全沒有關聯的。

飄逸靈動是一種氣勢，他活在世界中，但不屬於世界。是一種非常迷人的性格，有點像古代的俠客，讓人不由自主產生好奇心，也讓人自然而然想親近。

飄逸靈動帶有一點點不屑的味道，但又不是驕傲到令人討厭；通常是把自己沉浸在工作中。如果不這樣，容易動不動就會憂慮那些沒必要憂慮、根本不會發生的事。

飄逸靈動表示自己不是可以「買」得動的，既然不是可以被收買，就會被買不到的人出賣，但他們根本不怕。

飄逸靈動不是孤僻，是比一般人更全神貫注於自己想做的事、自己該做的事、完全對自己冥冥之中的使命感負責。「我這一身才華都是老天給的，不管我做了什麼，都是回報老天。」

德國美學家席勒說：「當一個人充分是人的時候，他才遊戲；當一個人遊戲的時候，他才是完全的人。」我想他的意思是：順從個性是最容易、也是最難的一件事。從桑塔雅納到唐寅，他們這類人很擅長把自己的智慧和能力發揮到極限。日子本無聲，看我們發什麼聲；生命本無色，靠我們上什麼色；這是生命必然且永恆的過程。

他們對於痛苦的承受度很高。「失去一點，失去更多一點；只有當你能完整陳述傷痛，你才會痊癒。」他們相信試著作一個比你更堅強的人，因爲那樣的一個人，才是眞正的你。智慧來自生命中的苦難，生命的磨難將帶來深度的思想。

我不禁想起梵谷動人的名句：「如果你沒有美麗人生，那你最好有美麗的人生觀。」原來，人生原本美不美麗，並不是我的責任；但怎樣把我的人生變得更美麗，那就是我的責任了。

「他很快樂。」

「他是笨蛋。」

「好，他是快樂的笨蛋。那又怎樣？——不好意思，他還是贏你。」

74 那些無法被遺忘的

有「精神醫學之父」之稱的德國精神醫學家克列貝林（Emil Kraepelin，一八五六～一九二六）的墓誌銘是這樣寫的：「雖然他的名字會被遺忘，但他的貢獻會一直流傳下去。」

我們的記憶都是選擇性的，我們會故意地刪略一些記憶，也會放大另外一些記憶。忽然想起李時珍（約一五一八～一五九三）和他的《本草綱目》。

《本草綱目》全書五十二卷，藥物一千八百九十二種，總目錄爲綱，其餘分目錄爲目，再往下分門別類，釋其產地、形狀、顏色、氣味，主治何病，附上驗方一萬一千九十六條，是中國藥物學上的百科全書；現已被翻譯成拉丁、英、法、德、日、俄等文字，流傳世界。

李時珍年輕時立志學醫，在完成《本草綱目》之前，曾有寫給父親的〈立志詩〉：

身如逆流船，心比鐵石堅。

望父全兒志，至死不怕難。

李時珍年滿二十歲時，就陪父親李言聞在家鄉蘄州行醫。某日，一位村婦病了，求診別的醫生沒有治好，就來請李時珍診治。他檢查上一次婦人所服的藥方，並無不妥；再仔細看藥材，才發覺錯在藥鋪：把有劇毒的「虎掌」代替「漏籃子」來用了。但是藥鋪是跟著藥書錯的，藥書上說：「漏籃子又叫虎掌。」李時珍認爲，這類錯誤一定還很多，於是下定決心，重新修訂藥書。然藥材品類，又多又繁複：很多種類混淆不一，有的同一種藥分爲二、三種名稱，有的兩種藥卻混爲一個品種，是李時珍所憂慮的地方。他廣搜資料，採集藥材樣本，一一比對、實驗、登錄；足跡走遍了江蘇、安徽、湖南、湖北和廣東。費時三十年，閱讀八百多家的藥書，刪訂錯誤，修訂三次稿件，才彙集成書，書名《本草綱目》。明神宗下令發行全國，從此讀書人家裡都有這本有價值的書。

科學家的毅力是相當驚人的。米吉萊（Thomas Midgley Jr.，一八八九～一九四四）經過五年，試驗二萬三千多種化合物才找到四乙基鉛作汽油抗震劑；居里夫人和她的丈夫爲了要證明鐳的輻射功能，費時四年，經五千六百七十七次試驗失敗，最後才成功地將鋇和鐳分離。愛迪生發誓：六星期內要發明電燈泡。他發下豪語：「我成功後，只有富翁才買得起蠟燭！」在試過一千六百多次耐熱材料和六百多種植物纖維，他才製造出第一顆炭絲燈泡，可以一次燃燒四十五小時。愛迪生意志如鋼，從不退休。八十歲那年，他研究一種對他完全陌生的科學——植物學。他的目的：找出橡膠本地的來源。在試驗與分類過一萬七千種不同的植物之後，他和他的助手們終於成功了一種從「金枝」（Goldenrod）中吸取大量橡漿的方法。

凡人都有他的小十字架要揹，直到他死並被遺忘。魯迅說：「死者倘不埋在活人的心中，那就眞正地死掉了。」

只是，在現實生活中，我們都虧待了英雄。

有時死亡比生存意義更大——就是因爲那些無法被遺忘的。

75 偉大的作家

叔本華談偉大的作家：「偉大的作家可以自由化爲各種角色，貼近這些角色的生命，完全契合身分和性格，無論是慷慨激昂的陳詞，或者是純眞少女撒嬌的口吻，都是栩栩如生，讓人如見其人，如聞其聲。」

這段話的重點在「化爲各種角色」；但是，在「化」之前，總會有個、總需要有個學習、模仿的對象吧？方孝孺（一三五七～一四〇二）〈談詩〉（五首之一）：

舉世皆宗李杜詩，不知李杜更宗誰？
能探風雅無窮意，始是乾坤絕妙詞。

大家寫詩都學李白、杜甫，那我倒要問問：「李白、杜甫是學誰的呢？」只要能追求屬於自己獨特的風格和意境，那就是天地第一等好文章。

文學作品可以讓讀者以一種不同的方式檢視自己思考人生問題的模式，從而改變人生觀，其意義在於使自己更熟練、更有技巧地處理人生問題。而偉大作家的定義，在我看來，就取決於作品如何讓讀者深度反思。作品的力度與深度，幫助讀者解決或面對人生的問題。作家寫出的作品，讓人「有所思」，他才能升級成爲一個好作家。至於能讓讀者「有所思」多久，那就進入偉大作家的層級，也就是讓讀者在他的作品裡，讀到一種力度、強韌的撞擊，甚至帶有一絲絲淡淡的霸氣。這樣強悍的力度撲面而來時，讀者必然謙卑，謙卑中讀者才能學到作品所帶來的感動與戰慄，再一次反省自己生命裡所缺乏的東西，這是一種沒有恐懼卻充滿了戰慄的奇異感受。

比如說悲劇給人的影響。

人的生命受到威脅時，一定會呈現生命最原始的一面。住院住久了或是久病纏身的人，蠻橫、不講理、頹廢、暴躁、自暴自棄、易怒、悲觀、消極。如此一來，平衡了內心的痛苦，因發洩而得到解脫。你看到眞正的病人，眞正的病人看到自己，你看到的是一個最眞實的「原人」。悲劇作品也是，把人性最深刻的一面寫出來：消極、悲觀、易怒、自暴自棄、暴躁、頹廢、不講理、蠻橫，讀到這些作品，不會心生厭惡，反而似曾相識：他們不在書裡，就在自己周圍的人身上；他們不在書裡，就在自己身上。閱讀悲劇使人獲得能量，原因在此。

此外，閱讀到自己特別喜歡、特別震撼、特別有感觸的句子時，可以改寫、補充、縮短、延伸、反義，變成自己的句子。你把前人的佳句活化了，但更美妙的是，你留下了令後人閱讀活化的種子，這才是眞正的「承先啓後」，杜甫詩云：「不薄今人愛古人，清詞麗句必爲鄰。」說明了好句子哪有分古今，能自用而後爲他人所用，才是閱讀的終極目標。

然而對創作者而言，想要把一個個中文字運用自如地排列，讓人一讀起來眼睛一亮，有所反思，則必須把每個中文字融會貫通。不懂單字，如何成詞？無詞如何組句？無句何能成段？無段則必不成文。所以回歸原點，還是要多讀，經常看好的文章，久而久之，自己寫出來的東西也會有他們的表達風格。但還是要多寫，熟練中文字的排列，排起來才會跟別人排的不一樣。光讀不寫，就可惜了，好比拚命儲存而不知運用；光寫不讀，就可笑了，沒有存款而拚命想提錢，絕對提不出東西的。

76

從狂熱到野蠻只有一步

十八世紀法國啓蒙哲學家狄德羅（Denis Diderot，一七一三～一七八四）是法國第一部《百科全書》主編。該書前二卷曾因論述政治措施和僧侶問題，引發當局憤怒而被查禁。而狄德羅本人也曾於一七四九年發表《給有眼人讀的論盲人的書簡》，大膽宣揚無神論，被當局視爲「傳播危險思想」而入獄。出獄之後，堅持工作二十餘年，終於把二十二卷《百科全書》這一巨著編完。他畢生追求眞理，但態度力持理性，他有一句發人深省、令後世難忘的名言：「從狂熱到野蠻只有一步。」

忽然想起于謙（一三九八～一四五七）的〈石灰吟〉：

千錘萬擊出深山，烈火焚燒若等閒；
粉骨碎身渾不怕，要留清白在人間。

深山的石灰石，先「千錘萬擊」，成一塊石灰磚；再「烈火焚燒」，高溫燒製成生石灰；再澆水散熱，成為熟石灰；最後呈現粉末狀的石灰粉。

沒有理性的狂熱是最危險的狂熱。狂熱一升起，粉骨碎身全不惜，被人千錘萬擊也不怕，受到烈火焚燒也不在乎；然而，狂熱包含的成分，不可不知。胡適曾提到「目的熱」，有兩點引以為戒：第一，「迷信一些空虛的大話，認為高尚的目的，全不問這種觀念的意義究竟如何」；第二，「許多空虛的名詞，意義不曾確定，也都有許多人隨聲附和。」

由於「目的熱」，自然導致「方法盲」，為達目的，不擇方法，狂熱當頭，做了再說。羅素說：「迷信的影響都是災難性的。」迷於自己所深信，盲目的樂觀每次都會毀了你。美好的東西總是在犧牲之路上引誘我們；對狂熱分子而言，價值和責任往往是混淆不清的。很可能這件事沒什麼價值，但基於責任，加上狂熱，還是去完成了。

因為狂熱而使你受傷的事物，一定有一部分真理混在其中，就算這部分再小，只要與你相信的真理有交集，你就會奮不顧身了；所以，你一定要思考讓你受傷的事物，我是指：第一，所有的事物，不管大小；第二，任何所受的傷，無論深淺。

既然從狂熱到野蠻只有一步，如何保有狂熱卻又不至落入野蠻？

胡適早已給了方向：

第一，**注重事實**。「不要問孔子怎麼說，柏拉圖怎麼說，康德怎麼說，我們須要先從研究事實下手，凡遊歷、調查、統計等事都屬於此項。」

第二，**注重假設**。「把每一個假設所含的意義徹底想出，看那意義是否可以解釋所觀察的事實，是否可以解決所遇的疑難。所以要博學。」

第三，**注重證實**。「許多假設之中，我們挑出一個，認爲最合用的假設，但是這個假設是否眞正合用？必須實地證明。有時候，證實是很容易的；有時候，必須用試驗方才可以證實；證實了的假設，方可說是眞的，方才可用。」

前提是：你的狂熱是由理智昇華來的，你的狂熱是包含深思熟慮過的，你的狂熱不是想衝就衝。一時的感動，永遠是最容易的，我們都有這樣的經驗：看了一部電影、聽了一場演講、熱血沸騰，雄心壯志；我們狂熱似乎從不缺乏，永不熄滅，我們都曾經下過太多決心。

狂熱和野蠻如何區分？你分得出下面對話何者爲狂熱、何者爲野蠻嗎？

「除非有理由爲何不可要，否則我要了。」

「應該相反吧？除非有理由爲何一定要，否則你不能要。」

77

選擇

「我和這世界有過一次情人的爭吵。」

這是一位美國詩人的墓誌銘，他於一九二四、一九三一、一九三七、一九四三年四次獲得普利茲獎。

他是佛洛斯特（Robert Frost，一八七四～一九六三），他有一首〈沒有選的路〉（The Road Not Taken）我很喜歡。最後三句是：

Two roads diverged in a wood，and I—（樹林裡有兩條岔路，而我——）
I took the one less traveled by，（我選擇了較少人走的那一條，）
And that has made all the difference.（這使一切都截然不同。）

有人會故意選較少人走的路，甚至故意選難走的路，或許在其他人眼中很難理解：何苦呢？

何苦呢？顧炎武（一六一三～一六八二）〈精衛〉有答案：

萬事有不平，爾何空自苦。
常將一寸身，銜木到終古。
我願平東海，身沉心不改。
大海無平期，我心無絕時。
嗚呼，君不見西山銜木眾鳥多，鵲來燕去自成窠。

精衛啊！讓我來問問你：「普天之下，不公平的事太多了，你爲何還要自討苦吃，自尋煩惱？你的身軀是那樣微細，力量是那麼渺小，爲什麼要口銜石，塡海不止，那麼久那麼久？」

其實這是顧炎武自問：奸臣誤國，外族蹂躪，山河破碎，民不聊生。面對國仇家恨，我個人力量如何扭轉乾坤？一切的一切努力，不是「空自苦」嗎？

無能爲力的悲憤，無可奈何的心境，顧炎武代替精衛回答：「不計成敗得失，不顧前途艱困，自強不息，至死無悔。意志頑強，大海一天不平，我一天不停。」

詩的最後還提及：相對於精衛的獻身，燕鵲雖然也是終日忙碌，卻是爲自己築安樂窩。此詩作於一六四七年，顧炎武好友抗清失敗，先後死難，而那些寡廉鮮恥的投降者，樂當燕鵲，搖身一變，成爲滿清新貴。

作塡海精衛？還是作安樂燕鵲？難道顧炎武選不出來嗎？他知道選哪一個比較輕鬆，但他就是故意要選難的。

何苦呢？

顧炎武十四歲取得諸生資格，但自二十七歲起，卻斷然棄絕科舉，大量閱讀，輯錄其中有關農田水利、礦產交通、地理沿革的材料，開始撰述《天下郡國利病書》和《肇域誌》。他於康熙七年（一六六八）在山東濟南因「黃培詩案」株連入獄，身陷囹圄。經友人營救獲釋，出獄以後，更決意不與清廷合作。

當清廷爲修《明史》特開博學鴻儒科，很多人向皇帝推薦他，顧炎武斷然拒絕，誓死不從；之後，即客居山西、陝西，潛心著述，不再入都。

如果顧炎武選擇向清廷示軟，一切不是容易得多嗎？以他的才能、聲望和學術地位，可以享受任何他想要的物質生活。清廷看中他的價值，曾多次逼迫他參加《明史》的纂修，均遭嚴辭拒絕。

電影《喜馬拉雅》（Himalaya，二〇〇〇）裡有句動人的對白：「眼前有兩條路時，要走最難的那條。」路不好走是一回事，問題是每個人都要走。我很喜歡這種氣勢——故意選難走的路，在一般人眼裡看來，似乎是跟自己過不去，但我總認爲，簡單的路人人都會走，簡單的路人人都想走；我一生最尊敬的人，就是不怕辛苦的人，無懼生命苦難的人，而我也一直告訴我自己要堅強，要選困難的事來做。現在你我周圍，這樣不怕苦的人很多，不是嗎？

何苦呢？

人生其實是選擇的過程，生命最困難的部分不是在於你怎麼選擇，而是在於即便你做了錯誤的選擇之後，如何立刻站起來，讓錯誤的損失減到最小。我不可能每件事都做對，但我很願意堅強再起，一直走，我總是朝前去了。

梵谷被強制就醫時，寫給兄長的一封信，裡頭寫著：「至於我，你必須知道，我眞不該選擇了瘋狂，如果我有所選擇的話。」所以，不要再問那些故意選難走的路的人們爲什麼，我們別無選擇。

眞的，我們別無選擇。

78

默契與約定

法國小說家杜德（Alphonse Daudet，一八四〇～一八九七）彌留之際，一心掛念自己未完成的作品。他的妻子才華洋溢，文學天賦極高，對他的寫作浥注良多。這位有「法國的狄更斯」之稱的小說家臨終只對妻子說：「完成我的著作。」

這種託付，是信賴，是平日養成的默契，而這種託付，非妻子堅毅忍耐之人格不能完成。

忽然想起商景蘭（一六〇五～約一六七六後）的〈悼亡〉：

公自成千古，吾猶戀一生。
君臣原大節，兒女亦人情。
折檻生前事，遺碑死後名。
存亡雖異路，貞白本相成。

這是女詩人哀悼她殉國新逝的丈夫祁彪佳（一六〇二～一六四五）的一首詩。祁彪佳，明代戲曲理論家。崇禎四年（一六三一）升任右僉都御史；後受權貴排斥，退家避居八年。崇禎末，復起爲官。一六四四年清軍入關，他力圖抗清；後因清兵攻佔杭州，遂在順治二年（一六四五）閏六月初六日晨，自沉於杭州萬山花園水池中。

詩的大意是：你的殉國將受千萬子孫景仰，我孤單存活，並非貪生怕死，留戀世間。你殉國是身爲一個臣子的節操，我苟活是爲了盡一個婦道人家應盡的責任：母代父職，撫育遺孤；如今，雖陰陽兩隔，存亡異路，我將完成該做的事，貞節清白，至死不渝。

宋慶齡曾說：「在任何戰爭中，婦女總是最先和最沉重的受害者。」

愛情的視覺不是眼睛，愛情的聽覺也不是耳朵，而是心靈。愛不是你看著我，我看著你，是我們一起看同一個方向，是你看到我看到的，看到我看不到的；幫我看我沒看完的，幫我做我沒做完的。

他不在時，我覺得世上好安靜。

在難苦中，我會叫著你的名字，在任何環境下我要作一個值得你愛的我。

失去是生命的一部分。你學不會眞正在乎一件事或一個人，除非有一天你發現你可能會失去他。而當他眞的離你而去，你感覺生命中有一部分也隨他而去了；你認爲你將不會再去在乎任何事，可是你會，你會知道失去是一種給予，給予我們那份柔軟心去更珍惜擁有的一切。

法國小說家羅曼·羅蘭（Romain Rolland，一八六六～一九四四）說過：「偉人的最大成就，在於使自己的情侶能成爲生活和事業的伴侶。」對杜德和祁彪佳的遺孀來說，活著並不容易。除了承受喪夫之慟，還要繼續丈夫未完成的事；但相信她們身上絕對找不到一絲絲對過去的懊悔、對現實的不安、對未來的恐懼。

她們有著與丈夫的默契與約定，這種承諾，使得日後的艱辛和痛苦都變得渺小而不算什麼。

幸福不是期待來的，是努力來的。如果只是怨天尤人，不但於事無補，而且徒增煩惱。對既成的不順意事實，努力改變，突破現狀；如果眞的改善的程度有限，那也無可奈何，只有努力調適心態，使自己過得快活些。

只有活著的人才能生活。

79 榮耀隨想

一九四八年以色列建國時，曾邀當時已經名滿天下的美籍猶太人愛因斯坦出任第一任總統，但是愛因斯坦拒絕了。他說：「政治是短暫的，而方程式是永恆的。」

對第一流科學家而言，「永恆」，自有其定義，該定義絕非有形獎勵。愛因斯坦曾說：「在所有著名人物中，居里夫人是唯一不被榮譽所腐蝕的人。」原來，居里夫人的一位訪客看見她的小女兒正在玩英國皇家學會頒給她的一枚金盾獎章，驚訝問道：「這是英國皇家學會的獎章，最高的榮耀，妳怎麼給孩子玩呢？」居里夫人笑了：「我是想讓孩子從小就知道榮耀就像玩具，只能玩玩而已，絕不能以它自我陶醉，否則就將一事無成。」

沈從文（一九〇二～一九八八）說：「我最不需要出名，也最怕出名。寫幾本書有什麼了不起？何況總的來說，因各種理由，我還不算畢業，哪值得誇張！我現在盡量做到不爲外人所知，而達到忘我的境界。」

要忘我，恐怕必須先忘卻榮耀。來看汪元亨〈沉醉東風．歸田〉：

二十載江湖落魄，三千程途路奔波。
虎狼叢辨是非，風波海分人我，到如今作啞妝矬。
著意來尋安樂窩，擺脫了名韁利鎖。

詩人表示：有才華有抱負，卻不得伸展，仕途辛苦。落魄中有奔波，嚐盡是是非非風風雨雨；奔波中有落魄，身邊打算落井下石的人如狼似虎。道盡文人爲求一官半職所付出的辛苦和代價。最後覺悟：不如擺脫名利的枷鎖，自己找個安樂窩！

一般人把功名利祿看得比生命還重要。宋朝的清豁禪師寫〈歸山吟寄友〉，顯示了高妙的境界：「聚如浮沫散如雲，聚不相將散不分。入郭當時看似我，歸山今日我非君。」利祿若夢，聚也無常，散也無常。世事難料，功名得失，得中含失，失中含得。看開得失，得也歡喜，失也歡喜。

一個人越少提到自己的優點，我們越喜歡他。功名利祿帶來的榮耀永遠是虛假的，它的承諾大於付出，在尋找它時使我們煩惱，當擁有它時不能使我們滿足，在失去它時使我們絕望痛苦。

當我們回顧一生最令我們驕傲、最令我們珍惜的事，通常是我們跟別人分享的一切：友誼、勇氣、信仰、愛，如果我們一直陶醉在無聊榮耀裡，這一切都不可能發生。

看到身邊的人因爲一點點小榮耀而沾沾自喜、甚至得意忘形而目中無人，你也無須太生氣。所有人都是按照自己的行爲意志而做他想做的事；一個人的錯誤行爲不甘你的事，不用拿別人的錯誤來懲罰自己。這樣陶醉在無聊榮耀裡的人，虛僞面具戴不久；若眞戴得久，面具會嵌入臉皮，到時成爲內外皆醜的討厭鬼。

看輕榮耀另一個好處是：讓自己多一點沉澱，少一點外界雜音，或許就可以多一點時間去思考，多一點冷靜與判斷，就可以少吸收些愚蠢無聊的訊息；少說些自以爲彰顯自己、事實上卻顯得自己很可笑的話；否則，我們將永遠不認識人間的殘缺，也不知道人間的美善，我們會永遠看不清這世界。

一位事業有成的好友曾跟我分享：「我花了好幾年得到我不想要的名聲。名聲最無聊也最愛騙人，得到了不會更快樂，沒有也不會活不下去，失去了更沒什麼了不起。」

任何榮耀是自己掙取而來的，別人交付給你、加之於你的榮耀，就不是那麼有意義了。

80

能改變與不能改變的

以《論死亡與臨終》（*On Death and Dying*）引起國際重視而聞名全球的生死學大師伊麗莎白・庫伯勒・羅斯（Elisabeth Kübler-Ross，一九二六～二〇〇四）在其著作《天使走過人間：生與死的回憶錄》（*The Wheel of Life: A Memoir of Living and Dying*）裡說：

上帝賜予我平靜的心，接受我不能改變的事實；
上帝賜予我勇氣，改變我能改變的事情；
上帝賜予我智慧，明白兩者之間的差距。

忽然想到明代戲曲家湯顯祖（一五五〇～一六一六）。

他很有勇氣：拒絕張居正的延攬，結果直至萬曆十一年（一五八三）始中進士。萬曆十八年上〈論輔臣科臣疏〉揭露政治黑暗，觸怒皇帝，被謫爲廣東徐聞縣典吏。萬曆十九年，批評神宗，又被貶官。

他很有智慧：實行了一些開明措施。如：在除夕遣囚度歲，在元宵縱囚觀燈。後因權貴嫉恨，於萬曆二十六年被劾辭官歸里。從此他絕意仕途。家居二十餘年，研讀戲曲，從事創作。

湯顯祖多年仕宦經歷，看透了人情冷暖，也看清了官場醜陋更看輕了榮華富貴。他已平靜，所以才能深知自己不能改變的部分；來看他的〈慟世〉：

偶然彈劍一高歌，牆上當趨可奈何。
便作羽毛天外去，虎兕雁弟亦無多。

我彈劍高歌，抒發心中不滿：個性耿介，與汙穢官場格格不入；雖仕途多舛，仍拒絕攀權；進士不第，一直到三十四歲中進士。個人一連串不幸，又目睹種種社會黑暗，悲憤感慨，好像牆上趨走，既艱且危。即便是有一天我離開了這個世界，另一個世界，我能找到跟我志同道合的人嗎？

遇到不能改變，人生只有兩種態度：一是解決；二是面對。

但是，人們解決困難的能力其實是很薄弱的，所以人們都在學如何面對困難。

不能解決，要會面對。

對，要面對。無法逃避就別逃避了，每個人都會逃避，逃避只會延展困難的殺傷力。

在人生的戰場上，沒有勝利者，只有生存者。活著就是贏。

當然是贏。哪怕輸得多慘，活著就是贏。人生的勝利不會使我們成爲眞正的贏家。

奮鬥才有意義，不在獲得。

人生裡，不能解決的情況實在太多太多了，但不能解決的時候，至少要試著面對、學著如何面對。學習面對困難，慢慢累積經驗，力量增強了，信心深化了，才能從「面對困難」走到「解決困難」的境界。

困難是小擦傷，灰心是癌細胞。困難就像是未被吹脹的氣球，人們一遇上就直接把它吹脹。不管我們遭到多少次失敗，我們的力量其實並沒有減少。如果人生看似很苦，那是因爲它本來就是。別怪選手，要怪就怪遊戲規則吧。

遇到困難，要解決。

不能解決，要面對。

不能面對，要忘掉。

清

長堤潰蟻穴，君子慎其微。
生平操持力，不敵一念非。

81

人類的損失

第一位以嚴謹定量方法研究化學的拉瓦錫（Antoine Laurent Lavoisier，一七四三～一七九四）有「近代化學之父」之稱，在他之前，化學還脫離不了亞里斯多德哲學及煉金士的迷信。經拉瓦錫的努力，將化學賦予現代的形式，打下穩固的基礎。拉瓦錫白天是稅務機關的收稅員，下班後在他的私人實驗室用功。一七八九年，法國大革命爆發，在一般人眼裡，收稅的人最不招人喜歡，更何況還是前朝的收稅官。因此在激進的革命黨眼中，他與另外二十七位收稅官被列爲主要清算對象，被判有罪，法官命令「把他們送到革命廣場處死，不得延遲」。爲了拯救法國最偉大的化學家，一群頭腦清醒的人向法官遞交一份上訴書，列舉拉瓦錫對國家和科學的貢獻，請求予他免罪。頑固而冷酷的法官只回覆了簡短的一句話：「共和國不需要天才。」一七九四年五月八日，史上不可多得的天才拉瓦錫被送上斷頭台。

當拉瓦錫的頭被革命黨人砍下時，法國數學家拉格朗日（Joseph-Louis Lagrange，一七三六～一八一三）也在現場，他感嘆良久，說：「砍下拉瓦錫的腦袋只需一秒鐘，但是要長出這樣的頭腦也許還要再過一百年。」事實上要出現這樣的頭腦，比拉格朗日擔心的要更久。因爲拉瓦錫去世將近二百年內，在化學理論方面尚未有人可望其項背。

忽然想起清末革命志士鄒容（一八八五～一九〇五），還有章太炎（一八六九～一九三六）的〈獄中贈鄒容〉：

鄒容吾小弟，被髮下瀛州。
快剪刀除辮，乾牛肉作餱。
英雄一入獄，天地亦悲秋。
臨命須摻手，乾坤只兩頭。

這首詩說：鄒容啊！我的小老弟，當年你自剪辮子，留學日本，投身反清革命，過著儉樸清苦的生活。你是眞英雄，天地同悲，我也做好犧牲的準備了，我們生死與共的革命情誼，應該教清廷喪膽。

鄒容出身於富商家庭，自幼熟讀經書。他於光緒二十四年（一八九八）應童子試，因憤於考題生僻而罷考，從此厭惡科舉八股。父親強迫他入書院學習，他因「非堯舜，薄周孔」，蔑視舊學而被開除。一九〇三年在東京留學生會館，公開倡言反清革命。在此期間，鄒容完成《革命軍》，請章太炎作序。通篇以犀利明快的語言頌揚革命，號召推翻清政府，被《蘇報》譽爲「今日國民教育之一教科書」。

《革命軍》廣爲流行，多次以《救世眞言》、《革命先鋒》等名目翻印。光緒三十年，孫中山在舊金山印一萬一千冊，在美洲華僑中散發；光緒三十二年，又命張永福印二萬冊，在南洋華僑中散發。據章太炎說，辛亥革命時期，《革命軍》曾印行二十多次；當然，這觸怒清政府，立即以「褻瀆皇帝，倡言革命」逮捕章太炎。他視死如歸，在獄中宣告「不認野蠻政府」。鄒容聞訊，於七月一日至巡捕房投案，被囚於租界監獄。在法庭上，他義正辭嚴地自比盧梭；在監獄裡，與章太炎賦詩明志，相互砥勵。鄒容被租界當局判監禁兩年，折磨致病。

恰似舞台劇《康美樂》（Camelot）中的名句：「一段短暫而閃耀的瞬間。」（one brief shining moment）一九〇五年四月三日鄒容死於獄中，年僅二十歲。

只要有愚蠢的法官、愚蠢的皇帝，永遠會有人類的損失。政府愚蠢，就算再民主、再清廉，亦同。

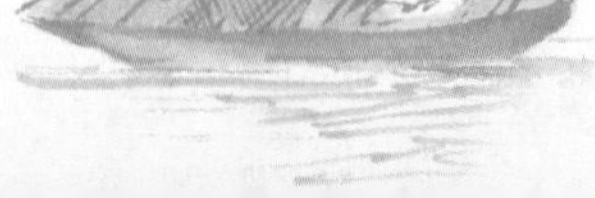

82

化作春泥更護花：因爲它在那

一九五三年五月二十九日，艾德蒙．希拉瑞（Edmund Hillary）和丹增．諾杰夏爾巴（Tenzing Norgay Sherpa）成功登上世界最高峰——聖母峰頂，創下人類首次攻頂成功的紀錄。然而，這個歷史時刻卻可能提前二十九年。

一九二四年喬治．馬洛里（George Mallory，一八八六～一九二四）和同伴安德魯．歐文究竟有沒有攻頂成功，始終是登山界最大的謎。人類前三次嘗試攻頂聖母峰，馬洛里都躬逢其盛，但卻在第三次消失在海拔八千六百公尺的暴風雪中，再也沒有回來。

馬洛里十八歲的時候就愛上了登山，在那個被稱爲「阿爾卑斯登山的黃金年代」的日子，年輕的馬洛里並不是最優秀的，但他對於登山有著異於一般登山者的狂熱。

一九二一年，他作爲人類第一支攻頂聖母峰——海拔八千八百四十八公尺——的一員；那一次，他到達了北坳——六千九百八十五公尺。但因天氣惡劣，讓他和夥伴在帳篷裡足足等了三個星期。而且由於全隊處於極端疲憊的狀態，這一年的偵察沒有向更高的地方前進，但是他們終於找到了通向頂峰的路。這次攀登的最大意義是：在「阿爾卑斯登山式」（沒有固定帳篷，時間相對較短，以輕便裝備、快速前進，中途不靠補給，一天可以打一個來回）之外，攻頂者確立了適合於八千公尺高山的「金字塔登山式」（營地式的，所以負重量較大，一個營地接一個營地，步步爲營，穩紮穩打）。

一九二二年，馬洛里第二次攻頂，並受邀擔任隊長，這次馬洛里等四人到達八千一百七十公尺的高度。返回時，同伴不慎滑墜。他以絕快反應拯救了同伴的生命。這一次攀登，最終到達了八千三百公尺——離聖母頂峰只有五百公尺之遙。這次攀登的最大意義在於：發現了氧氣的確切效用，並確立了高山氧氣裝備的基本三要素：氣瓶、氣管、面罩。後世的登山者，只在這個基礎上增加了一個調節器。

一九二四年，第三支探險隊來到山下，馬洛里依然在隊伍中。這一年他才三十八歲，他和二十二歲的牛津大學划船隊隊員歐文，自告奮勇地承擔本次攻頂任務。六月八日午後，馬洛里和歐文從八千二百五十六公尺的突擊營地開始向峰頂進發；然而，一場突如其來的暴風雪淹沒了他們的身影——他們再沒有回來。隊長諾頓觀察到他們的最後位置是在八千六百公尺附近——距聖母峰頂只有二百多公尺。

忽然想到龔自珍（一七九二～一八四一）的〈己亥雜詩〉：

浩蕩離愁白日斜，吟鞭東指即天涯，
落紅不是無情物，化作春泥更護花。

懷著無限離愁，在白日西斜時與久居的京城告別。我吟著詩，揮動馬鞭，隨性而瀟灑。這一次，我雖辭官離京，但我將以另一種形式，以我想用的方法，繼續我一直以來想做的事。就好比花雖落地，不是無情；而是以另一種形式，繼續關懷著人間、延續著生命。本體形式雖異，但功能並無不同。

馬洛里脾氣倔強並且不善於做作。一九二四年隨隊的記者在營地一個勁追問：「爲何要攀登聖母峰？」（Why do you want to climb Mt. Everest?）被問得不耐煩的馬洛里最終沒好氣地回了一句：「因爲它在那。」（Because it is there.）馬洛里身形雖歿，但其攻頂精神與這四個字後來成爲所有登山者的四字聖經，也是永遠的、最強也最有功效的登山精神座右銘，更激勵了許多新人踏入登山的行列。

83

把每一件小事認眞做好

美國知名人際關係學大師卡內基（Dale Carnegie，一八八八～一九五五）有一次接受採訪，回答記者問他成功之道：「不論我面對任何事，不管大小，我都全力以赴，認眞做到最好。我十二歲作過紡織工人，我努力將每一份紗紡好。我作過郵差，儘量記住我所負責住宅區裡的每一戶人家姓名，跟每一家互動良好。把每一件小事認眞做好，別人才會託付你大事。」

忽然想起王廷懋（一六六八～一七四二）〈書座右〉：

長堤潰蟻穴，君子愼其微。
生平操持力，不敵一念非。

長長的堤防只因螞蟻築穴就有潰決的危機，君子對於小地方實在要非常謹愼啊！一生好不容易養成的操守，也敵不過一個錯誤的念頭。

陸賈〈心語・愼微〉：「建大功於天下者，必先修於閨門之內；垂大名於萬世者，必先行之於纖微之事。」大事情、大計畫、大思想，必然反映在最小的行動上。

元代胡石塘來到京師，元世祖忽必烈召見他。胡石塘大喜，快步上前，驚慌忙亂中，頭上的帽子也歪倒在一邊，而他本人還不知道。皇帝問：「秀才學的什麼？」胡石塘回答：「修身、齊家、治國、平天下的學問。」皇帝笑笑，說：「你頭上的帽子都戴不端正，還能平定天下？」結果沒有用他。

東漢人陳蕃（？～一六八），字仲舉，官樂安豫章太守，遷至太尉、太傅，封高陽侯。年少時經常不打掃居室，他父親的朋友問他爲何不打掃屋子以迎接客人，他回答說：「大丈夫應當志在掃除天下，哪能只顧這一間居室呢？」

其實這是標準錯誤觀念，如果連居室都無法照顧好，無法掌握，如何掃除天下？《尚書》說：「不矜細行，終累大德。」意思是在小地方不注意，一定會連累品德，犯下大錯。

忽略細節的原因是對於自己的技術太過自信。信心是一切的動力，也是一切災難的來源。太自信就疏於思考，疏於思考就會開始出現偏差，怪不得管理學有句名言：「凡是值得思考的事，都還沒被人思考過。」

靠別人的知識可以很博學，但若要成爲智者，還是要自己在細部的地方，做最細膩的思考；很多時候，不能有效提升效率，就是因爲忽略了細節。誠所謂「差之毫釐，失之千里」，分工越來越細，越來越要求專業，技術展現越來越精緻；所以，邁向人生目標的過程中，所使用的的工具、方法、程序有任何錯誤，都會造成空轉、偏差、消耗資源、浪費時間。一個人若不能自我管理，不管他擁有多少知識，還是毫無價值。做不到的只好死心，但是做得到的，還是得好好想想怎麼做最好。

忽略小事，最嚴重也最常見的後果是造成偏見：我們看到別人的缺點，比我們看到別人的優點還多；我們看到別人的過失和紕漏，比我們看到別人的功績還多；我們看到自己的權利，比看到我們的義務還多；這世上明明有人需要我們的幫助，我們偏偏看不見；這世上美醜並存，善惡同立，偏偏我們只看到醜陋的，只體會到惡的一面。

人的生命有限，只能把時間花在做最重要的事，對自己的專業，要下深工夫，再怎麼加強也不爲過。列寧說：「必須相信自己的力量。」如果平時忽略加強自己的專業，就算機會來了，也不一定成功，只是白白錯失機會罷了；而這一切努力，一定要從注意細節，把每一件小事認眞做好做起。

84 作家說的話

英國小說家兼劇作家毛姆（William Somerset Maugham，一八七四～一九六五）曾於一八九二年以五年光陰在倫敦學醫，並取得外科醫師資格。他有時憤世：「世上有一半的人寧願自殺，如果每個人都發現自己愚蠢到什麼程度的話。」有時勵志：「人生實在奇妙，如果你堅持只要最好的，往往都能如願。」

九十歲生日那天，他說：「我曾和死神攜手同行，可是他的手比我溫暖。」隔年九十一歲，即告別人世。

忽然想到清代詩人施閏章（一六一八～一六八三）的〈漆樹嘆〉：

斫取凝脂似淚珠，青柯才好葉先枯。
一生膏血供人盡，涓涓還流自潤無？

漆樹光滑的外皮，被鋒利的刀斧割開，生漆層溢出一滴滴淚珠般的漆液。青枝才剛長好，葉片卻已枯萎。自從具有生漆能力那天開始，由於人們不斷予取予求，漆樹便被迫源源不絕地貢獻自身的「膏血」，連延續生命最後一點自我滋潤也未能留下。

毛姆認為自己的手比死神溫暖，施閏章自比漆樹，一生膏血供人盡。想要了解一個作家，必須先了解他的渴望。美國作家梭羅（Henry David Thoreau，一八一七～一八六二）說：「作家是向人類的心靈和智慧說話，向各時代能懂得他的人說話。」也許世上沒有新的眞理，只有那些我們曾經視而不見、見而不察、察而不覺的眞理。自己所說的話，必定要經過自己的體會，必定要先說服自己，才能說得深刻，也才能眞正感動人。

多年前，我也寫下個人的「作家說的話」：

我最喜歡去的地方是圖書館。圖書館的書架，給我一種氣勢、一種寧靜、一種突破生命瓶頸、跨越人生障礙的感覺。

因為有氣勢，所以生活中任何一點點的不愉快都可以很快拋諸腦後，用一種新的氣魄去面對新的一天。分類好的書，一看過去就是一列，甚至是一整架，甚至是一整面，在它們面前，有誰不感到自己的渺小？

因爲有寧靜，所以思路特別清晰，可以把平時不易想清楚的事想清楚，想得特別清楚，在人群中，在其他場合裡，都不可能有這份寧靜。書本靜靜的立在那裡，一本一本，一架一架，沒有說一句話，說的卻比任何人都多；靜的書卻轉化成一股動力、推力，其勢雖靜，但內蘊無形力量，使得書本的靜，更令人敬畏。

因爲有一架又一架的書，所以必須走過書架之間的小通道，此時，每一本書就像蓄勢待發的戰事，千本萬本書，如同千軍萬馬，聽令於取閱者。排列整齊的書架，那種足以撼天搖地的聲勢不會比整裝待發的千萬精銳部隊來得差。

書架上的古書、舊書，殘破的書皮恰似身經百戰滿身疤痕的戰士，每一道疤痕都是一枚無價的永恆勳章。

從書架上挑一本書，猶如挑一名自己信任的戰士，爲己所用，無所不用，用其所用，是爲大用。

走過一架架的書，每一本架上的書都無言，每一本架上的書都有言，和我的生命進行一場無聲的交流和對談。

使我們堅強的並非知識，而是那股運用知識之後產生的力量。

85

從出生到死亡，最短的距離是什麼？

法國作家伏爾泰（Voltaire，一六九四～一七七八）在二十三歲時，曾因寫文章諷刺當時法國攝政王私生活放蕩而入獄，整整被關了十一個月。三十三歲時與特權階級發生衝突，再度入獄。一七二六年避居英國，三年後回國後發表著作，嚴厲批評宗教和法國當局，法院下逮捕令，從此他被迫在西雷村莎特萊夫人的莊園隱居避難十五年，卻完成了大量著述。

把我關進監獄，我就變「乖」了嗎？

服氣的人接受現狀，不服氣的人卻想改變現狀，所以世界的進步要靠不服氣的人。

英國詩人鄧恩（John Donne，一五七二～一六三一）痛批死神，叫死亡「不要驕傲」（Death, be not proud）。原因是在視死如歸的人眼中，死，根本沒什麼。

正因爲「死，根本沒什麼」，所以隨時可以死，隨時戰勝死。如此，死，又有什麼好驕傲？又怎麼驕傲得起來？

「戊戌六君子」之一的譚嗣同（一八六五～一八九八），湖南瀏陽人。一八九五年甲午終戰後，憤於中國積弱不振，放棄科舉，在家鄉組織「算學社」，決心維新救國。一八九八年創辦南學會和《湘報》，大力傳播變法維新思想。

當時，以慈禧太后爲首的守舊派發動政變，譚嗣同有生命危險，身邊之人都勸他暫時走避。他拒絕出走，堅持留下，爲變法獻身，毅然表示：「外國變法未有不流血者，中國以變法流血者，請自嗣同始。」被下獄後，他寫詩〈獄中題壁〉以明志：

望門投止思張儉，忍死須臾待杜根。
我自横刀向天笑，去留肝膽兩崑崙。

東漢末年的張儉（一一五～一九八），因爲彈劾宦官侯覽，反爲侯覽所害，四處逃亡。人們敬重他的人品，同情他的遭遇，冒險接待他。譚嗣同深信：康有爲、梁啓超變法失敗，逃亡在外，會像張儉一樣，受到人們救護。

杜根，東漢安帝時，上表要求臨朝聽政的鄧太后還政皇帝，觸怒太后，慘遭撲殺；但奇蹟未死，他甦醒後又裝死三天，隱身酒肆。鄧太后死，他復官爲侍御史。譚嗣同認爲：只要有任何機會，必東山再起，以圖將來。

民不畏死，奈何以死懼之？美國當代最重要的劇作家之一亞瑟．米勒（Arthur Miller，一九一五～二〇〇五）說：「平凡人也足當最高層次的悲劇英雄。」譚嗣同在一八九八年九月二十八日英勇就義。臨刑絕命詞書：「有心殺賊，無力回天，死得其所，快哉快哉！」

把我關進監獄，我就變「乖」了嗎？

誰想要如此活著？如果我不能改變，一切有何意義？

我已在所有的死亡中死去，在所有的死亡中再次死去。

任何行動如果需要非常繁複的學理、推論，可以肯定當然不是好的行動。對理想的狂熱，其決定一向明確、單純而堅定。

在智者心靈中，痛苦多於歡樂。生命的意義是重生再重生。

「從出生到死亡，最短的距離是什麼？」

「一個信念。」

86

狂傲隨想

曾被西班牙國王查理四世譽爲「西班牙第一畫家」的哥雅（Francisco de Goya，一七六四～一八二八），某天受召進宮作畫。查理四世說：「只有你才有資格爲王室貴族畫像，因爲你是西班牙最偉大的畫家。今天請你來，是畫一張皇室的全家福，重重有賞。」

哥雅欣然接受。等他畫好拿給國王看時，查理四世十分滿意；可是，他突然覺得畫面有點怪怪的，再仔細看，以嚴厲口吻問：「爲什麼明明十四個人，你卻只畫六隻手，其他人的手呢？」

哥雅雙手一攤，很無奈：「我也不知道。」

查理四世生氣地指著畫：「我命令你，立刻把沒有畫的手全都補上！」

有人聽說這件奇聞，問哥雅，他答：「因爲我認爲那些皇室的人只會張口吃飯，這是事實，我只是畫出事實罷了。」

他夠狂，違逆皇帝的原意；他夠傲，心中想表達什麼，手中筆就畫出什麼，管你什麼皇帝。

說到狂傲，當然想到詩仙李白。周亮工（一六一二～一六七二）〈李太白靴〉：

安能見此輩，不醉復不憤。
吾足有奇氣，莫使刑余近。

相傳李白曾在皇帝面前讓高力士脫靴，此詩藉李白表現自己不與世苟同，醉眼看人間萬象，傲然不群的骨氣。說明自己就如李白頭腦清楚，有獨立見解，不被俗見束縛，不受俗人所擾，敢於表現自己的心情，並非唯唯諾諾，逆來順受，毫無骨氣，像官場那些無人格、無個性的蠢才。

或許有人不禁想問：這些才華絕高的藝術家，爲何不給人留一點面子，爲何不謙虛一點，而一定要這樣尖銳，直接讓對方難堪呢？

這是很好的逆向思考。

使自己變成一個更好的人，這就是謙虛的定義。

眞正涵養高的人到了某一境界，我們很容易就會發現他根本就不用刻意表現出謙虛，他那種氣質很容易讓人感受到。他是用氣質來懾服人的，他給人的感覺很舒服，因爲地位高的人又謙虛，那種光芒會加倍相乘。

一般以爲刻意的謙虛很虛僞。其實，刻意的謙虛不會讓人感到虛僞，人們很容易就可以看出虛僞的人，原因是一百次謙虛之中，可能只有一次是眞的。這是因爲刻意謙虛很不自然，只要是關於人性，再細微的不自然都會被人輕易地感覺出來。

對長輩謙虛是應該、是合理。

對平輩謙虛是修養、是身教。

對晚輩謙虛是崇高、是境界。

光憑謙虛，不會給別人舒服的感覺。雖然不夠，對那些連「假性謙虛」都裝不出來的人，我們也沒有什麼東西可以給他。不是我們不給，而是給了他也收不下，收不下就是他的問題了，絕不是我們的問題。

答案很明顯了：眞正謙虛的人，即便他以才傲人，我們還是不會討厭他，原因就是他的的才華跟氣質已經結合了，因爲當他們用絕高才華來傲人——尤其是那些本質上令人不喜，行爲上又令人討厭的人——會讓你發現自己無法做到的事、到達的那種境界。讓你發現自己永遠不可能像他那麼有個性，敢傲敢當。於是你忍不住開始想：「我爲何不能？」在你想通之前，那個驕傲的人，讓你變成更好的人。

87

故鄉的泥土，生命的退讓

一八三〇年十一月二日，波蘭鋼琴家蕭邦（Frédéric Chopin，一八一〇～一八四九）帶著音樂院學生送他的一抔故鄉泥土，離開華沙，出國深造。十二月初，在維也納期間得知華沙起義的消息，他爲未能參加而焦急。當時曾想返回波蘭，經友人極力勸阻，只好作罷。但蕭邦籌募救國捐款，作曲一首接一首，演出一場又一場，把得來的錢全部捐給國家。次年九月初在赴巴黎途中，得知華沙陷落的噩耗，精神受到強烈震撼。他在日記上寫著：「我對著鋼琴痛哭流涕。我恨不得掀動大地，毀滅這世紀的人類。」蕭邦的〈C小調練習曲〉（別稱〈革命練習曲〉，一八三一）寫於得知華沙淪陷之後，其悲痛激憤之情與藝術形式完美結合，成爲蕭邦的傑作。

蕭邦僅活到三十九歲便黯然離開人間，埋葬的時候，朋友們遵照他生前之囑，把他帶來的那抔波蘭泥土，撒在他的身上，完成他的遺願。

忽然想到愛默生說的：「你腳下踏著的這塊土地，你如果不覺得它比世上任何一塊地更甜潤，那我就認爲你這個人是毫無希望了。」

又想到鄭燮（一六九三～一七六五）的〈題屈翁山詩札、石濤石溪八大山人山水小幅，並白丁墨蘭共一卷〉：

國破家亡鬢總皤，一囊詩畫作頭陀。
橫塗豎抹千千幅，墨點無多淚水多。

被稱爲「揚州八怪」之一的鄭燮，個性雖狂放不羈，但民族思想濃烈，又不滿統治和黑暗現實。這首詩是鄭燮的題畫詩，作者提到的詩人和畫家都是明末遺民，入清後隱居不仕，作了和尚，以寫詩作畫爲生。這些明末詩人和畫家的情操與鄭燮互相撞擊，鄭燮盛讚他們的作品與愛國情操。

屈翁山（一六二九～一六九六），明亡後曾武裝抗清，失敗。在杭州作和尚；石濤，原名朱若極，（一六一四～約一七一八）明皇族後裔，入清後爲僧，善畫山水蘭竹，並工書和詩；石溪（一六一二～一六九二），著名山水畫家，和尚；「八大山人」朱耷（一六二六～一七〇五），明皇族後裔，明亡後爲僧，善畫花鳥。

世上往往發生這樣的情況，人們苦意追求某種東西，本意是得到之後能幸福，而結果卻適得其反。

我們都想成爲比自己更好的人，都希望自己的生命有某種程度上的意義。但是常常忘了：我們的失敗和成功，永遠都對我們有同等意義——沒成就沒關係，有小小成就感就可以。在日常生活中實行自己相信的事。要不是那麼強求勝利，成功也許早就屬於你了。

最後想到伯夷、叔齊的故事。

武王平定殷紂的混亂，天下都歸附周朝，可是伯夷、叔齊卻對周朝的行徑引以爲恥，立志不吃周朝的東西，兩個人跑到首陽山，採些野菜來充飢，最後餓死在首陽山。

伯夷、叔齊似乎忘了：首陽山野菜，也是「周朝的東西」！

他們的智慧，難道想不出其它方式，可以做別的事？一定只剩下「引以爲恥」最後餓死的這一條路嗎？

做對一件事，並不代表沒做錯這事。

學習在生命中退讓，承受屈辱，忍耐羞愧與控制憤怒，還是必須的。

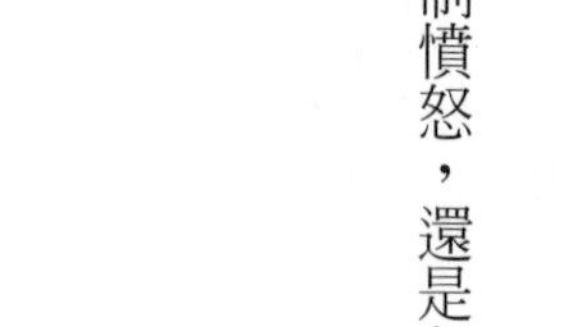

88 權威人士背書一定要特別謹慎

十九世紀德國歌劇作家華格納（Richard Wagner，一八一三～一八八三）有一次到義大利演出時曾經發生過這樣的趣事：在那不勒斯的演出很受歡迎，連演數日，好不容易有一天的休息，他太太要他趁這天理髮，乃在前一天約請了一位理髮師。

這理髮師想：「我發財了！聽眾那麼崇拜華格納，假如我能把他頭髮當紀念品賣，豈不是可以大撈一筆？」於是大肆宣傳，每束二十元，歡迎訂購。

第二天理髮時，理髮師一面理，一面小心翼翼收集頭髮，放進自己口袋。不料當他理完準備走人時，華格納太太拿著小袋子來要頭髮。原來，她也要珍藏先生的頭髮。理髮師很著急，怕不能對已經預購的人交代，只好懇求她把頭髮送他。

華格納太太很同情這位理髮師，又不肯把頭髮送他，忽然計上心來，說：「這樣吧，附近有個屠牛的，他頭髮跟我丈夫一樣也是金黃色，你不妨把腦筋動到他頭上！」

於是理髮師免費為那屠夫理了髮，並把他的金頭髮用紅絲線紮成四百多束，賣給預購者，發了一筆大財呢！

不要盲目崇拜，迷信權威。很多人利用人性弱點攻擊、詐騙，就是因此。鄭燮〈題竹石畫〉有很好的提點：

咬定青山不放鬆，立根原在破巖中。
千磨萬擊還堅勁，任爾東西南北風。

竹子穩穩自青山長出，原來它立根於破裂的岩縫中。不管受何種外力，不管風怎麼吹，它還是隨風搖曳，屹立不倒。

這首詩教人堅定立場，否則容易被外力影響。但迷信權威，人之常情；而且如果有名人掛保證，人們更容易深信不疑；所以，權威人士背書一定要謹慎。《戰國策》裡的故事：

有一個人去賣馬，在市集上連續站了三天，人們不知道他的馬好，根本沒人理他。

他去見伯樂，說：「我打算賣掉一匹駿馬，可是在市場連續站了三天，連個詢價的人也沒有。我希望你去市集，繞著我的馬走一圈，邊走邊看看我的馬；離去的時候，再回頭看幾次，我願付你酬金。」

於是伯樂來到市集，先繞著他的馬走一圈，臨走時又回頭望了幾眼。不一會兒，這匹馬的價格就上漲了十倍。

迷信品牌大牌、迷信專家專業，都是人的通性。

爲何人性有此弱點？

太自信、太自卑、太任性（明知自己弱點卻不承認也不做任何改變）、太隨性（別人踩到自己頭上也無所謂，把自己的弱點更弱化）、太消極、太懦弱、太不敢面對自己。

把自己的面具用力扯下，眞正面對那個靈魂最深處的眞我，不含任何添加物，原始的自我，看清楚、認清楚、勇敢一點，把自己做最無情的剖析，可以破除權威崇拜的迷思。

獲得知識的第一步是認爲自己一無所知。

眾所周知，很多人會利用專業背書之名，行欺瞞之實；但最値得注意的是，專家也會看走眼。宋朝羅大經《鶴林玉露‧乙編》卷五記載：朱熹有腳病，有個道士給他施行針灸治療後感覺好轉，朱大喜，厚謝道士，還作詩相贈。道人拿著詩走了。沒隔幾天，朱腳疾發作，比未用針時更厲害，急忙叫人尋找道人，已不知去向。朱嘆息道：「我並不是要責怪他，只是想追回我給他的詩，恐怕他拿著詩去貽誤他人。」

權威人士背書一定要特別謹慎，這是很重要的自我管理。

89

沉默的書，不沉默的讀者

二〇〇九年一月二十日，在美國新總統歐巴馬（Barack Obama）就職典禮上，由任教於耶魯大學的黑人女詩人伊麗沙白．亞歷山大（Elizabeth Alexander）朗誦自己創作的詩歌，向新總統獻詩。這位詩人說：「我希望強調和證明的是，在國家企盼前進和團結的時候，藝術和文學能扮演重要角色。」

法國作家左拉（Emile Zola，一八四〇～一九〇二）也曾表示：「使人類免除痛苦、紛亂、憎恨而得到幸福的，不是武士的劍，而是文人的筆。」

是什麼因素使靜態的文學產生力量、發揮力量？

清代詩僧釋函可（一六一一～一六六〇）的〈讀杜詩〉：

所遇不如公，安能讀公詩？
所遇既如公，安用讀公詩！

古人非今人，今時甚古時。
一讀一哽絕，雙眼血橫披。
公詩化作血，予血化作詩。
不知詩與血，萬古顯淋漓。

詩的大意是說：一個人如果沒有像杜甫那樣坎坷艱辛的遭遇，那他是不可能眞正讀懂杜詩的；一個人如果也經歷了像杜甫活過的異族入侵、烽火連天的亂世，那他已經嚐盡人間辛酸疾苦，就算不讀杜甫的〈三吏〉、〈三別〉這樣的淒楚篇章，也能對生命苦難有深切的體悟。今天的異族入侵，較之唐朝，其規模、其程度，更嚴重也更嚴酷。所以雖相隔異代，讀杜詩依然可以獲得藝術滋養與精神力量。而今天紛亂社會帶給有責任、有正義的知識分子的精神痛苦，使他們就算不讀杜詩，也能與杜甫感同身受。當社會更黑暗，國破家亡，只有在杜詩裡尋寄託，於古人中找知己。杜詩沉鬱悲戚，激起我滿腔熱血沸騰，自己又將血淚化詩篇，流傳千古。

詩人丁尼生說過：「我愛這些偉大而沉默的書。」書在沉默，使它不再沉默的，是人；而使它不沉默之前，讀的人必須先沉默：安安靜靜的閱讀。就算是在咖啡店、路旁、交通工具上讀書，身旁人聲不斷，心必須安靜下來。安靜下來，去讀，去體會，去深刻感受。深刻感受出自己的東西來。魯迅說他每次讀古書，心便「安靜下去」，正是進入書裡，書也進到你心裡，互進互出，交流於無形之中，收穫於天地之外。

我不喜歡給文學下定義。我以爲只要認識文學，就不需要什麼定義，自然知道文學是怎樣的一種東西。文學不管多有創意，最終還是要回到人性的原點，否則無法累積厚度，也無法繼續往前走。托爾斯泰說：「戲劇最重要的是讓台下的觀眾產生一種發現自己在台上的錯覺。」不只戲劇，好的文學作品就是使人覺得自己被一層一層，一層又一層剝光了。

買書又有讀書的時間，這是最好的現象，但一般人往往是買而不讀，讀而不精。培根在〈論讀書〉一文中指出：「讀書是爲了心靈的愉悅，是爲了增進優美的氣質，也是爲了增強個人的學識能力。」其實，愉悅的心靈，氣質必定優美。我很難相信一個怒氣沖沖的人看起來會給人有多舒服的感覺。至於增加知識，那是不必刻意強求，讀完一本書的某一段，就算知識沒有長進，但心情愉悅，別的方面一定會增強；而增強的部分，比知識帶給你的力量還大。

信不信由你。

90

時間都糟蹋在社交上

英國生物學家弗朗西斯·克里克（Francis Harry Compton Crick，一九一六～二〇〇四）一九五三年在劍橋大學卡文迪許實驗室與沃森（James Dewey Watson）共同發現了DNA（去氧核醣核酸）的分子結構。二人也因此與維爾金斯（Maurice Hugh Frederick Wilkins）共同獲得了一九六二年的諾貝爾生理醫學獎。克里克於二〇〇四年因大腸癌病逝。他的一名同事科赫曾感嘆道：「他臨死前還在修改一篇論文；他至死還是一名科學家。」

一九六二年，克里克獲諾貝爾獎後，記者來訪、電台邀約、出席聚會，諸如此類的干擾接踵而來；於是，他印製了一種萬用謝絕書，上面寫道：「克里克博士對來函表示感謝，但十分遺憾，他不能應你的盛情邀請：簽名、當你的事業顧問、贈送相片、幫你改稿、爲你治病、作一次報告、接受採訪、主持會議、發表廣播講話、擔任主席、在電視中露面、充當編輯、擔任宴會主人、寫一本書、充當證人、接受名譽學位。」

忽然想到清代文人龔自珍。

龔自珍晚年得罪當道，辭官歸里，重過揚州，慕名求見者不絕：「郡之士皆知予至，則大歡。有以經義請質難者；有發史事見問者；有就詢京師近事者；有呈所業若文、若詩、若筆、若長短言、若雜者、若叢書，乞為敘為題辭者；有狀其先世事行乞為銘者；有求書冊子、書扇者……」，予取予求的程度，簡直是把龔自珍當成哆啦A夢。

忽然又想到當代畫家齊白石（一八六四～一九五七）。

齊白石的女兒齊良憐曾回憶：「父親每天從早到晚，總是作畫刻印，還應付不下求畫的門客。」

齊白石曾有詩自況：

一身畫債終難了，晨起揮毫夜睡遲。
晚歲破除年少懶，誰教姓字世都知。

「一身畫債」，他沒有欠誰，何來債言？應該是人情債。「晚歲破除年少懶」極佳，很多人都是在生命的某個點覺悟，努力向上，想把過去浪費的時間，用現今加倍的辛勞補回來；路，不怕遠，只怕站。但是「還債」還到「晨起揮毫夜睡遲」，實在令人不忍，只是這種不忍又帶有喜悅：大藝術家又多了傳世之作。

我始終認爲藝術家、有大才者應該少見客，他們跟一般人不一樣，一般人只是過日子，他們是過生活。一般人每天想：要做哪些事？他們每天應該想：哪些事不要浪費生命去做了，趕快把握時間趕快去做其他更重要的事。

《胡適的日記》民國十年七月九日條下，就有這樣深刻的自覺：

我近來做了許多很無謂的社交活動，眞沒有道理。我的時間若不經濟，都要糟蹋在社交上了。

某日，胡適又有應酬，回家後，身體雖極爲疲憊，心裡感受卻很沉重，寫下〈三年〉：

三年了，
究竟做了些什麼事體？
空惹一身病，
添了幾歲年紀。

他把這首詩記在當天——民國十年七月八日的日記裡，詩的後面還補上：「我想這兩年的成績，遠不如前二年的十分之一，眞可慚愧！」

偉大的創作者，是一個知道自己在做什麼的創作者；應付無聊交際應酬而浪費才華是最最最不可原諒的事。

民國

我是天空裡的一片雲，
偶爾投影在你的波心——
你不必訝異，更無須歡喜——
在轉瞬間消滅了蹤影。
你我相逢在黑夜的海上，
你有你的，我有我的，方向：
你記得也好，最好你忘掉，
在這交會時互放的光亮！

91

自己照亮自己

德國哲學家尼采（Friedrich Wilhelm Nietzsche，一八四四～一九〇〇）年幼時，在一次作文課裡寫道：「教室的燈光太暗，所以學生們只好用自己的光照亮自己。」老師讀了非常生氣，罰他禁足。不過我們從「自己的光照亮自己」這句話，已可見他過人思想，早熟智慧。

自己如何照亮自己？嚴長壽在〈爲自己佩勳章〉裡說：「回顧過去的歲月，最讓我充滿成就感的，並非地位、財富或頭銜，而是我擁有『付出』的能量。如果可以在關鍵時刻，爲社會、爲他人貢獻自己的能量，並且看到因著這些能量而發生的改變，這才是我最感欣慰的事。」

自己照亮自己，價値何在？

再看傅斯年（一八九六～一九五〇）的〈前倨後恭〉：

他們想念你，你還是你。
他們不想念你，你還是你。
就是他們永世的忘了你，或者永世的罵你，你還是你。
任憑你力量怎樣單薄，
效果怎樣微細，
一生怎樣苦惱，
命運怎樣不濟，
你終是人類向著「人性」上走的無盡長階上一個石級。
「人性」要向你微微的笑。
這微微一笑之中，證明你的普遍而又不滅的價值。

（原刊民國八年五月一日《新潮》第一卷第五號）

自己照亮自己，能量從哪來？
人類只用了大腦的十分之一，你要找到一種正確的方法來處理人生問題。易卜生曾說：

「當這個世界很糟的時候——有時，全世界像海上撞沉的船——最要緊的，是先把自己救出來。」羅曼．羅蘭也說：「要把陽光分散給別人，總得你自己心裡有才行。」

要救社會，你自己得先成器；換言之，先救自己。但，不容易。救自己意味著把自己恢復到完整，先讓自己痊癒；可是，痊癒的過程和受傷一樣痛。有時候更痛。聽起來很殘忍，但這是不可否認的事實。

換言之，在痊癒的過程中，你必須把你不願意碰觸的傷口又複習了一次、二次、十次、二十次、五十次、一百次，直到你痛到麻痺爲止。

一旦麻痺，就不會再痛了。人的記憶眞奇怪，有時像昨天，有時像從未發生過。

時間會治療一切，但時間也會幫你自動複習一切。事實上，時間不會幫你治療，只是事過境遷，境不在心，心自然不會那麼痛，表面上看起來像是時間治癒了你，如此而已。

就好像坐火車往窗外看去，風景一格一格一直變換，如果火車停在某一月台，看到的景就是定格；火車一動，一格一格的景自然也一格一格一直換，火車沒變，坐在車裡的你也沒變，可是景卻一直變了。

對，就是一直往前，一直往前就對了。

痊癒的過程就是一個一直往前的過程，沒有停頓也不要停頓，一直往前才能把眼前你不想看到的景，硬是拉到下一個景，全新的景。

關鍵就在一直往前走，你就會痊癒，你不想走也要走，因爲你不想走也會走。

你不想走也會走，因爲時間從未停頓，時間把不想走的你往前拉、往前帶、往前拖。所以人們才會說：「時間會治療一切。」經常受苦的人，「自癒力」、「自療力」跟一般人不一樣：懦弱的會堅強無比，揮金如土的懂得惜福，兇猛的會變柔軟，刻薄的會有溫暖。這，就是自己照亮自己。

92

「感覺好」與「正確的」

法國演員兼歌手謝瓦利埃（Maurice Chevalier，一八八八～一九七二）有一次和喜劇演員菲爾在後台聊天。就在這時，兩位年輕貌美的臨時演員從他們身邊走過，笑意盈盈，窈窕生韻。謝瓦利埃一直望著她們的背影，過了好久，幽幽地嘆了口氣，說：「唉！要是我再老二十歲就好了。」

「嗄？」菲爾問：「你講反了吧？是再年輕二十歲吧！」

「不，」謝瓦利埃認眞地說：「要是我再老二十歲，這些年輕的女孩就不會再讓我煩惱了。」

人越老，越不會被愛情困擾？眞的是這樣嗎？來看徐志摩（一八九七～一九三一）的〈偶然〉：

我是天空裡的一片雲，

偶爾投影在你的波心——
你不必訝異，
更無須歡喜——
在轉瞬間消滅了蹤影。
你我相逢在黑夜的海上，
你有你的，我有我的，方向：
你記得也好，
最好你忘掉，
在這交會時互放的光亮！

好一個「最好你忘掉！」一位過了四十歲的朋友這樣跟我說：「過了四十歲，我才猛然警覺：人生的問題不在如何學習，而在如何遺忘。」

我也安慰她：「妳想不起來的那一部分通常就是妳不應該記住的部分。」

有些記憶飄忽不定，有些人若即若離；有些事命中注定，有些感覺撲朔迷離。

忽然想起我深愛過的一位女孩。

雲淡風輕，風情月思；望月，她跟我說起一個不知是何時何地所流傳的著名神話，是關於風和月的：一天夜裡，一個老人看到一個死去的人和死掉的月亮，他召集所有的動物，對牠們說：「你們之中有誰願意把死人或死月亮揹到河的對岸？」兩隻烏龜答應了，第一隻烏龜四隻腳很長，揹著月亮，安然無恙到達對岸。第二隻烏龜的四隻腳很短，揹著死人，搖搖晃晃，努力游著。忽然一陣很強的風吹來，狂吹不斷，烏龜就這樣沉沒到河底，再也沒有上來過。因此，死掉的月亮總能夠復生，虧而復盈，盈而復虧；而死掉的人卻永遠無法復活了。

我在許願，希望偷了我的心的女孩，不要將心還給我；然而；只要扯到愛情，我預感將會是那另一隻被強風打到河底的烏龜。

印度詩人泰戈爾（Rabindranath Tagore，一八六一～一九四一）說：「出了天花的痲臉女人，在她每一個痲坑裡面都可以看到美。」兩性間的吸引力是瞬間的，不是有就是沒有，有就有，沒有就沒有。那種瞬間感覺，不是被烏龜揹著的月亮，可以來什麼盈而復虧虧而復盈那一套的。你對一個人剛認識五分鐘的印象，會比認識他二十年後更準。所謂「直覺本能」，絕不會錯，時間和你涉入的感情反而會逐漸使你喪失判斷力。

生死比愛情，愛情若生死。愛情有時會給人一種感覺，雖然淡，捉摸不到也說不出，但我有一種更強的感覺——就是她也有跟我一樣的感覺。身邊的人不懂我跟她之間的關係，就像你怎麼樣都沒法查出，爲什麼打鼾的人聽不到自己的鼾聲。一旦在一起，長相不重要。你看到很多美女跟禿頭或啤酒肚在一起，那男的一開始就是禿頭或啤酒肚嗎？

我深知：這種關係不會持續，就算持續，也不會持久。所以我當時告訴自己成熟一點，我一定會被人傷，不是她，就是別人。這很痛苦，而且很丟臉，最重要的是，很殘忍。

人越老，越不會被愛情困擾？是因爲遺忘得多？

非關遺忘，太常追求「感覺好」的東西，意味著放掉一些你確定是「正確的」東西。

93

橫眉冷對千夫指

一九三〇年左右，有一百個教授批評愛因斯坦的學說，後來甚至還出了專書《一百位教授出面證明愛因斯坦錯了》。愛因斯坦聞知，僅輕描淡寫的說：「假使我眞的錯了，一個教授就很夠了。」

忽然想到魯迅（一八八一～一九三六）的〈自嘲〉：

運交華蓋欲何求，未敢翻身已碰頭。
破帽遮顏過鬧市，漏船載酒泛中流。
橫眉冷對千夫指，俯首甘爲孺子牛。
躲進小樓成一統，管他冬夏與春秋。

十月十二日

一九二七年十月，魯迅辭去廣州中山大學的職務前往上海。〈自嘲〉詩寫的就是到上海後的心境。他在《三閒集》的序言裡回憶：「到了上海，卻遇見文豪們的圍剿」，連「並不標榜文派的現在多升爲作家或教授的先生們，那時的文字裡，也得時常暗暗地奚落我幾句」，後來「竟被判爲主張殺青年的棒喝主義者」。

古諺說：「千人所指，無病而死。」人言可畏，發此可畏之言的人有時很可惡。令人厭惡的人或物總是一開始就令人厭惡，只會越來越被人輕蔑；其中，無聲的輕蔑是最高層級的輕蔑、是最具殺傷力的輕蔑。這是一種表達憤怒最優美、最優雅的方式。

或許有人說：「面對嫉妒與傲慢，你妥協，那只是傷害自己。」就像被車撞了以後在路邊等救護車的傷患，所有經過的人都減速看看你好不好。

不妥協，會不會受更多的傷？

有沒有辦法既妥協又讓自己不受傷害？

橫眉冷對千夫指，《老子．七十八章》：「弱之勝強，柔之勝剛，天下莫不知，莫能行。」正說明了「持其志勿暴其氣」才能以弱勝強的道理；怎樣的思想就有怎樣的行動，怎樣的行動就有怎樣的力量；受苦的人若不懂得苦中作樂，唯一的下場就是苦上加苦，最後的結果是苦不堪言。

人皆有一死，但並非人人都活得有意義；你可以選擇看清眞相之後說出眞話、堅持道德勇氣，也可以選擇當鄉愿、和稀泥。堅持道德勇氣的人懂得太多，而人們是不懂也不歡迎智者的；然而，儘管不受歡迎，不被了解，智者還是會選最難的路來走。魯迅在《戰士與蒼蠅》就說了：「有缺點的戰士終竟是戰士，完美的蒼蠅也終究不過是蒼蠅。」純眞睿智的人一定會被誤解，如：耶穌、蘇格拉底、畢達哥拉斯、哥白尼、伽利略、馬丁・路德。

用沉默來抗議生命，沉默是一種最高貴的抗議。裡面包含著尊嚴、堅毅和眼淚。不要懼怕悲傷，更不要排斥悲傷。心靈深處的巨大悲傷是必要的，因爲唯有透過悲傷，現實的我才能夠和眞實的我貼近。

如果我說什麼都不能改變你的想法，那你做什麼也改變不了我的計畫。

偉大一定被誤解。我還是要做我想做的事，做我該做的事，說我想說的話，說我該說的話。

「這是我們無法控制的，我們只能期待，期待情形會是我們想的那樣。」

「既然無法控制，又如何期待？」

「說得好，就是無法控制，所以更要期待，你只有誠實面對這樣的人生。如果一切都在控制中，反而會放鬆了。」

94 怎樣判斷名著

《大英百科全書》董事會主席、著名的英國人文學者阿德勒，對選定名著提出了值得人們玩味的六條標準：

一、內容能長久吸引讀者。名著不只是流行一時的暢銷書，而是歷久不衰的經典。

二、名著具有相當的通俗性，而不是只有某些領域的專家學者才看得懂的艱澀天書。

三、名著的內容和內涵決不會因爲政治因素而失去它觀照時代的價值和意義。

四、名著有時一頁上的內容，其濃度與深度就能勝於他人相關論著的內容。

五、名著具有高啓發性，獨到的見解，創建性十足。

六、名著探討的是人生長期沒有解決的問題，在某個領域裡有突破性的發展。

名著也是人寫的，人在寫書的時候，其實並不會預料這本書會成爲名著；有時正好相反

——作者期待其實很小，出人意外的小。冰心（一九〇〇～一九九九）〈假如我是個作家〉（節錄）：

假如我是個作家，
我只願我的作品
入到他人腦中的時候，
平常的不在意的，沒有一句話說；
流水般過去了，
不值得讚揚，
更不屑得評駁；
然而在他的生活中，
痛苦，或快樂臨到時，
他便模糊的想起
好像這光景曾在誰的文字裡描寫過；
這時我便要流下快樂之淚了！

假如我是個作家，
我只願我的作品
在人間不露光芒，
沒個人聽聞，
沒個人唸誦，
只我自己憂愁，快樂，
或是獨對無限的自然，
能以自由抒寫，
當我積壓的思想發落到紙上，
這時我便要流下快樂之淚了！

冰心的詩提到兩個很重要的觀點：第一，好的作品能在讀者最需要的時候給予即時心靈滋潤；第二，寫作是個人情緒的抒發。

或許很多人認爲判斷一本書是否受歡迎，應該以銷售額來決定。毛姆就認爲：「大多數愚人都不知道：自古以來，沒有一個人不是爲金錢而寫作的。」其實，眞正靠版稅賺錢過活的作家很少，就算有賺版稅，那是後來的事，作家一開始在寫作的時候，是完全沒有想到賺版稅這種事的。正如驚悚作家史蒂芬·金（Stephen King）所說的：「在寫作的當下，我並沒有想到錢的問題。錢，是以後發生的事。」

寫書賠錢的，當然要提到大文豪巴爾札克。他二十歲立志以文學創作爲生平志業，在巴黎貧民區租了一間閣樓，靠著父母支援的一點經濟來源，埋頭寫作。他的第一部作品是五幕詩體悲劇《克倫威爾》，但銷售量一點也不「威」，完全失敗，沒有引起任何人的興趣。接連又寫了十多部小說，有的是自己所寫，有的是和別人合寫，但結果一樣：沒人買。他只好暫時放棄文學。

儘管書不賣，還是要寫。只因寫的人相信：「神賜給你這種可以感動別人的天賦，別浪費了。」當然，作家一定會失手——寫作是藝術，不是精密科學。

一百多年前，歌德就說：「國家文學已經沒有多大意義，世界文學的世紀就要到了。」誠哉斯言，「世界文學」的時代已經來臨；然而，作家用作品改變人們對世界、對人性的看法，這點還是不變的。

事實上，作家就是感到寫作困難的人。作品的力度與深度，其實也就是作家生命力的力度與深度；值得一提的是，作品的啓示性，比作品的眞實性更重要。

「怎樣判斷一本書是否爲暢銷書？」

「沒看過的都說看過的，這本書就成功了。」

95

一共有幾個我？

捷克著名作家米蘭·昆德拉（Milan Kundera）在《小說的藝術》中曾這樣談到：「人們想藉由行動揭開自己的面貌，這個面貌卻不像他。行動具有自相矛盾的特點。」

腦的神經細胞約有一千億個，任何時刻以時速七百二十五公里移動。有些衝動我們無法控制；當然，有時候我們就算能控制也不想控制。心念與心念之間不是單行道，是來來去去，反反覆覆，非常複雜，當然會矛盾。

既然一定會矛盾，這麼多矛盾下，我一共有幾個？哪一個才是眞的我？

劉大白（一八八〇～一九三二）〈整片的寂寥〉

整片的寂寥，
被點點滴滴的雨，
敲得粉碎了，

也成爲點點滴滴的。
不一會兒，
雨帶著寂寥到池裡去，
又成爲整片的了；
寂寥卻又整片地回來了。

不止寂寥，所有的情緒、思維、行動，都會「整片地回來」；那麼，哪一個才是眞的我？我一共有幾個？

不知道你是否會有這種感受：有時在路上與某人擦身而過，或到了一個陌生地點，卻有極熟悉的印象，好像多年前相遇過？曾經到過？夢裡夢過？那種無以名之的「似曾相識」，濃烈、熟稔、清晰，歷歷在目卻無法描述。

人生在不同時期自有不同感觸，或者說，不同境界：

從宋朝蔣捷（一二四五～一三〇一）的〈虞美人〉：「少年聽雨歌樓上，紅燭昏羅帳；壯年聽雨客舟中，江闊雲低，斷雁叫西風；而今聽雨僧廬下，鬢已星星也；悲歡離合總無情，一任階前點滴到天明。」到國學大師王國維《人間詞話》提到的：「古今之成大業、大學問者，必經過三種境界：『昨夜西風凋碧樹，獨上高樓，望盡天涯路。』（晏殊〈蝶戀花〉）此第一境也；『衣帶漸寬終不悔，為伊消得人憔悴。』（柳永〈鳳棲梧〉）此第二境也；『眾裡尋他千百度，驀然回首，那人卻在，燈火闌珊處。』（辛棄疾〈青玉案〉）此第三境也。」再到禪宗「見山是山，見水是水；見山不是山，見水不是水；見山又是山，見水又是水。」在在都說明了此身雖一，其境多有不同。

今天的我不是今天的我，今天的我還是今天的我嗎？生命不就是這樣嗎？當你想把自己變成怎樣的人時，你就是越不可能朝著那個樣子走去。

著名的京劇表演藝術大師梅蘭芳（一八九四～一九六一）很喜歡他的琴師徐蘭沅給他的一副對聯：

看我非我，我看我，我也非我；
裝誰像誰，誰裝誰，誰就像誰。

梅蘭芳說它「只用了幾個單字，就能把表演的藝術描寫出許多層次來」。並將它作為自己的座右銘。由此觀想，人的不同面貌，人的自相矛盾，可否看成自己在演戲？

不妨把人生看做一場實驗：作的實驗越多，越接近結果；當然，有觀眾的時候，人們演出會更棒。

「不管我從何處開始，似乎總在同一地方結束。」

「有很深原因，如果你願意探索。」

人們很少眞正了解自己的天賦；也許對人們而言，最大的奧祕就是，自己。

96

回向

大約在一四九〇年吧，紐倫堡有兩位青年好友，杜勒（Albrecht Dürer，一四七一～一五二八）和奈斯丁（Franz Knigstein），兩人對繪畫極有興趣，天分極高。但兩人都很窮，沒錢到藝術學院進修，無法在學習上有更多突破。兩人都覺得再這樣下去太浪費才華；有一天，他們想出了解決的辦法：抽籤決定誰先入學院學畫，另外一位則到礦坑作工賺錢來支持對方。四年後，再交換。

抽籤結果，杜勒先學畫，奈斯丁進入礦坑來支付都勒學畫的費用。

四年一眨眼即過，杜勒沒有辜負好友的支持，以青年畫家的身分衣錦還鄉，家鄉父老以他爲榮。杜勒感謝好友在過去四年來爲他所作的犧牲，對奈斯丁說：「現在，該輪到我賺錢來支持你去學四年畫了。」奈斯丁卻說：「過去這四年，我在礦坑拚命工作，我手指關節都已受傷，再也無法靈敏地操作畫筆了。」

雖然奈斯丁成爲藝術家的美夢已不可能實現，但他卻不因此感到難過，反而爲他朋友的成功而高興。

多年後的某一天，杜勒在未預先告知的情形下去拜訪奈斯丁，看到他正合起多繭的雙手，跪在地上，安靜地爲朋友的成功禱告。杜勒感動無比，當場描繪了他朋友的雙手；這幅畫後來成爲舉世聞名的「禱告的手」（畫作時間一五〇八年）：畫中飽經風霜的雙手青筋浮現，疤痕累累；肌肉飽滿，關節嶙峋。這是一雙皮膚粗糙的勞工之手，有著眼淚與血汗，還有一個爲了朋友而永遠無法完成的自我夢想；充分表達了一份眞摯的友情、愛的犧牲與永恆的感激。它提醒世界各地的人：怎樣從最眞摯的友情裡獲得安慰、鼓勵和巨大力量。

這個動人的故事讓我想起胡適（一八九一～一九六二）的一首〈回向〉：

他從大風雨裡過來，
爬向最高峰上去了。
山上只有和平，只有美；
沒有風和雨了。

他回頭望著山腳下，

想起了風雨中的同伴，
在那密雲遮著的村子裡，
忍受那風雨中的沉暗。

他捨不得他們，
但他又怕那山下的風雨。
「也許還下雹呢？」
他在山上自言自語。

他終於下山來了，
向著那密雲遮處走。
「管他下雨下雹！
他們受得，我也能受！」

我總認爲「回向」是佛教裡最動人的觀念之一，自己走過艱辛無比的路，當然知道方法，擁有經驗，把握訣竅，了解關鍵。如果只是自己獨自享受成功的甜美果實，當然有一番樂趣；然而，佛教裡的「回向」，教人再回頭去陪伴，教人去作「不請之師」（見《無量義經》：「無量大悲救苦眾生……是諸眾生不請之師。」）；當然，這過程中意味著自己又要把艱苦路再走一次，把所有痛苦的記憶再複習一次，而且這種教導別人之路，往往可能比自己成功更累、更辛苦、要付出更多時間與精力；但是，英國首相邱吉爾說過：「一個人生下來，上天就注定要給他一個任務。」真正的動人情懷不僅在能自渡，更於能自渡渡人。這才是值得思考的人生角度。

97

赤子之心

尼采在《人性，太人性了》一書中說：「（藝術家）他一輩子是個孩子，或始終是個少年，停留在被他的藝術衝動襲擊的位置……於是他不自覺地以『使人類兒童化』爲自己的使命；這是他的光榮和他的限度。」這種「使人類兒童化」的理想，孟子早就說過：「大人者，不失其赤子之心。」周作人（一八八五～一九六七）〈對於小孩的祈禱〉有更深的論述：

小孩呵，小孩呵，
我對你們祈禱了。
你們是我的贖罪者。
請贖我的罪罷，
還有我所未能贖的先人的罪，

用了你們的笑，
你們的喜悅與幸福，
用了得能成爲眞正的人的矜誇。
在你們的前面，有一個美的花園。
從我的上頭跳過了，
平安的往那邊去罷。
而且請贖我的罪罷，——
我不能夠到那邊去了，
並且連那微茫的影子也容易望不見了的罪。

八月二十八日在西山作

詩裡希望小孩「贖我的罪罷」，正是因爲小孩純淨無比的靈魂；也就是赤子之心。我們常說這個人有「赤子之心」，雖然是一句讚美的話，但赤子之心還是有幾項值得注意的特色：

第一，專注。

給一個小孩玩一部玩具車，或任何一個不起眼、簡單而不複雜的小玩具，他可以一個人自得其樂玩上一天，毫不厭倦，專注力特強。大人心思細密，想得多，想太多也容易分心。

第二，不計仇。

大概是腦袋還小，裝不下仇恨。你把一個小孩弄哭以後，他很快又可以被你逗笑。大人腦袋大，裝得多，裝得多就可能不知不覺把不需要的東西裝進去。有時減少自認爲必要的東西，可以有多出的心靈空間。心靈空間狹小，就會侷促而難過，讓自己更難受，這樣對自己有什麼好處嗎？

第三，好奇心特強。

不管什麼事物，小孩總是覺得新鮮，總是愛問爲什麼？問到身邊的大人覺得其煩無比爲止。大人也是有好奇心，但是在「追根究底」這一層次上，卻遠遠不如小孩了。原因是大人比較世故，有時追根究底會傷了對方，或是破壞了檯面上的情誼。

第四，易滿足。

給一小塊糖、一個小玩具給小孩，他都會高興好久，把你當成全世界最好的人。大人不滿足，不滿足不見得是壞事，它可以促進一個人更努力，可是眞實情形卻是：太不滿足，過頭了，變成貪心。

第五，不想明天。

小孩子不會想明天的事，今天就是他的世界，今天就是他的全部。大人未雨綢繆的功夫當然是比小孩厲害，但想太多，不如不想，先做好手邊的事，可以做的先做，不能做的培養實力，等待機會。

「我腦袋現在一片空白。」

「有時停止思考也是一件好事，學學小孩子吧。」

赤子之心可以剪去光陰的翅膀。胡適的得意門生羅家倫曾於胡先生六十二歲的時候，送他一首詩。其中有一節是：「你，六十二歲的鬥士。到現在，不祇有鬥士的精神，還有孩子的天眞，不但腔子裡有哲人的心，口角還露出嬰兒的笑。」

每個人都有過這樣的時候，只有在童年的最初期，你愛每一位你接觸到的人、喜歡每一件你正在做的事：你的父母、手足、寵物、玩具，你希望所有人都感到快樂與幸福；不僅如此，你還希望做些特別的事讓每個人滿足。這種感覺就是愛的感覺，我們應該找回這樣的感覺——單純，快樂。對！就是單純，快樂——只因這是每個人的生命原點，這是赤子之心。

98

賺錢隨想

亞里斯多德的《政治學》裡記載了這樣一則趣聞：

西元前六世紀時，泰利斯（Thales）是希臘七大智者之首。他在當時已非常有名，但有人嘲諷他只會賣弄高深飄渺的學問，沒有實際的本事。這一年夏天，泰利斯突然租下城裡所有的榨油機，大家都很好奇，不知他意圖為何。由於沒人跟他競爭，他以極便宜的價格租到。沒想到不久後，橄欖大豐收，到處需要榨油機，泰利斯高價出租，賺了大錢。

「知識，加上冷靜的判斷，我推算出今年橄欖會大豐收；但是，我的目的不是錢，只是想告訴人們，」泰利斯對嘲笑他的人說：「哲學家只要想賺錢，就能賺錢。」

馬克思講過，「哲學家只是用不同的方式解釋世界，但重點在於改變它」。知識不能產生力量，活用知識，加上經驗，最後多方判斷，三合一，才能改變狀況，解決問題，達到目的。

知識不等於力量，一般而言，知識還須與經驗結合。胡適〈夢與詩〉談到經驗的運用：

都是平常經驗，
都是平常影像，
偶然湧到夢中來，
變換出多少新奇花樣！
都是平常情感，
都是平常語言，
偶然碰著個詩人，
變換出多少新奇詩句！
醉過才知酒濃，
愛過才知情重：——
你不能作我的詩，
正如我不能作你的夢。

經驗可以「變換出多少新奇花樣」，原因無它，也必須與自己原有的知識結合。雖然胡適說的是文學創作的經驗，但在此以文章一開始的例子再延伸——賺錢。

看電視或電影常常可以看到下面這句對白：「我不要你的骯髒錢。」錯了，錢根本沒有什麼骯髒不骯髒的，你可以賦予金錢新的意義。

「錢不能買所有的東西。」錯了，錢可以買到所有的東西，包括時間。如果你要割草五小時，你可以雇用五個工讀生，一人只要割一小時，你再付這五個人工資，於是你省下五個小時。而這五小時你可以拿來做任何事，包括賺伍萬元。

金錢只是一種工具，工具豈有邪惡或高貴之分？

金錢帶來的誘惑程度，其時效性與壓迫性都是其他物質無法匹敵的。賺了一筆小錢，就會想賺另一筆小錢，甚至賺下一筆大錢。所以對一個賭徒而言，賭贏了以後該怎麼做比賭輸了該怎麼做更傷腦筋。

如果爲錢煩惱，那表示：一、錢太多了，於是你應該快點花錢。二、賺更多的錢，賺更多的錢是消除「因錢煩惱」的最佳方法。

賺錢最刺激的部分，莫過於踏出未知的下一步，用現有的錢去賺下一筆錢。但是對窮人而言，怎樣花錢比怎樣賺錢更傷腦筋；此外，提到賺錢，看一個人如何花錢比看他如何賺錢更能瞭解他；換言之，一個人花錢時比賺錢時更加露出本性。

對窮人而言，任何東西都一樣貴；對吝嗇者而言，任何東西都太貴了。而說到「免費」這兩個字，有錢人比窮人更愛它；然而，太有錢會讓人的免疫力減低；可是貧窮是人類所有苦難中，殺傷力最強的一種。愛心是富人的奢侈品，富而能捨，是眞正的富中之富。

一個爲財富奮鬥的富翁比一個爲財富奮鬥的窮人要來得快樂。但是，只要牽扯到錢，一定會不愉快；所以，在你有錢之前你要對別人好，在你有錢之後別人自然而然會對你好。

人製造僞鈔，眞鈔製造僞善的人：有了錢，人人都可以尊稱爲紳士；看兩本書，你可以被稱爲知識分子。

凡是不必要的東西，即使花一塊錢買，也是昂貴的。

99

那就變回自己吧！

電影《征服情海》（Jerry Maguire，一九九六）中，有句浪漫到不行、最常被天下有情人引用的"You complete me."（我因有妳而完整）。

我向來喜歡逆向思考：我因有妳而完整。那，如果沒有妳，我就眞的不完整了嗎？來看汪靜之的〈能變什麼呢〉：

倘若你是皎潔的月亮，
住在蔚藍的天空很伶仃，
我就變許多小星圍著你，
歌舞著使你高興。

倘若你是玲瓏的鳥兒，

尋不著適意的地方，
我就變個高大的碧落，
任你自由地翱翔；

倘若你是伶仃的魚兒，
被關在汙濁的池塘裡，
我就變一湖清澈的水，
憑你如意地遊戲；

倘若你是孤寂悒鬱，
鎮日價眼淚汪汪，
我就變成輕盈的微笑，
牢牢地住在你臉上：

但是，倘若你將來離了我，

去作你丈夫的妻，
我的愛呀！我的愛呀！
我還能變什麼呢？

（民國二十二年十二月十六日）

「我還能變什麼呢？」

那就變回自己吧！

晚飯後，一位丈夫對妻子說：「如果全世界我只剩下一個朋友，我希望那個朋友是妳。」

妻子不發一語，身體站立不動，雙眼凝視丈夫，雙唇微微顫抖。

丈夫心想：「她接下來會說，我也是吧？還是把我緊緊抱住？還是說出另一句更令我感動的話？看她的眼神，好像感動到快要哭了，她是多麼希望我常常說這些話啊！」

妻子又看了丈夫一會兒，忽然爆出一陣大笑，那種笑聲就好像頑皮的小學生看到老師背上被貼了小烏龜的圖畫而不自知，忍了一節課，笑意到下課整個爆發出來，幾個小學生抱在一起狂笑大笑；又好像一個人被另一個人以手按住頭，另一手扣住下巴，被強制消音很久之後爆發出來的開懷大笑。

丈夫看著大笑在地的妻子，妻子彎著腰，抱著肚子，一直笑。

丈夫忽然覺得自己像馬戲台上最失敗的小丑。

浪漫不是一個人的事，浪漫是兩個人的互動，心靈相契，互相感到對方心意的一種美好感覺。

眞心不是與生俱來的，但可以從不完美中獲得。浪漫更不是與生俱來的，需要練習，練習是爲了表達時的自然、時機的掌握以及表達方式的選擇，這種種都是需要時間累積的，而非隨手可得，駕輕就熟般的隨心所欲。

有些女人的浪漫固然令男人難以置信，有些女人面對男人浪漫的反應更是令男人想當場立刻離開地球表面。其實浪漫也是一種溝通方式，只是我們都忘了，有時候溝通之前要先保持沉默。

如果說每一件事的發生都恰到好處：恰當的時間、恰當的地點、恰當的人；那麼每一個浪漫的人都一定會遇到一個不懂他的浪漫的人，也是在恰當的時間、恰當的地點、恰當的人。有好的浪漫，沒有好的對象，也是沒用。任何技術再高超，也要有人懂，才算高超。

魯迅說：「偉大也要有人懂。」我想，浪漫也是。

愛情既然會在你想不到的時候降臨，當然會在你想不到的時候結束。浪漫會在一方刻意營造下開始，當然會在另一方無意中結束。

結束後，那就變回自己吧！

丈夫：「妳爲何不站在我立場爲我想一想？」

太太：「答案跟你爲何不站在我立場爲我想一想一樣。」

100

看我的書就好，不要看我本人

二十世紀初的某一天，少年愛倫堡見到他心儀的偶像托爾斯泰，結果瞬間幻想破滅，在心中打了「托爾斯泰可能並不懂得全天下所有的事吧？」大大的問號後，大失所望。

一般人看了心目中的夢幻作品，心中的作家形象也不知不覺夢幻起來。當年劉半農（一八九一～一九三四）作〈教我如何不想他〉，經趙元任譜曲，傳唱甚廣：

天上飄著些微雲，地上吹著些微風，
啊！
微風吹動了我的頭髮，教我如何不想他？
月光戀愛著海洋，海洋戀愛著月光，
啊！

這般蜜也似的銀夜，教我如何不想他？
水面落花慢慢流，水底魚兒慢慢游，
啊！
燕子你說些什麼話，教我如何不想他？
枯樹在冷風裡搖，野火在暮色中燒，
啊！
西天還有些兒殘霞，教我如何不想他？

一九二〇・九・四倫敦

趙老回憶：「這首歌大爲流行，有位年輕朋友很想一睹作詞者風采，頻頻問我劉半農到底是啥模樣。有一天剛好劉到我家小坐，恰巧這位年輕朋友亦在座，我很高興的說，這位就是〈教我如何不想他〉的作者！誰知年輕人心直口快，脫口而出：『沒想到是一位老頭啊！』此語一出，四座皆驚，劉半農不但不生氣，哈哈大笑，其餘人也跟著大笑。」

劉半農回家後，作打油詩一首自嘲：

教我如何不想他，請進門來喝杯茶，
原來如此一老叟，教我如何再想他！

平心而論，如果預期結果與自己想像會有落差，那就看作品就好，不要看本人，倒也不失爲「減少損失」的好方法。《唐才子傳》記載，羅隱曾將詩文獻給宰相鄭畋。鄭的女兒精通文學，每次讀羅詩，看到「張華漫出如丹語，不及劉侯一紙書」二句，必定要在父親面前再三吟誦，愛慕之情，溢於言表。一次，羅上門拜訪，鄭宰相故意留他長談，一面叫女兒在簾子背後偷看。女兒見羅長相醜陋，從此再也不吟他的詩了。

這就是別把「文如其人」奉爲圭臬的原因。但話說回來，如果作家又老又醜，長得不如讀者想像，怎麼好像是作家自己的錯似的！

不僅是被看的作者幽自己一默，原先想見的人也會開開玩笑，以解失望。唐朝進士曹唐，才情縹緲。岳暘太守李遠每次吟誦他的詩，就想見見他本人。有一天，曹唐去拜訪他，李遠非常熱情地上前迎接。曹體格豐滿高大，李開玩笑說：「過去只讀你的詩，沒見到你，我以為你的儀態應該是輕盈得可乘鶴飛行；這時拜見，原來連大水牛也載不起！」

其實，這種「讀其作品而想見其人」的仰慕之心，崇拜之意，實乃人之常情。秦始皇讀了韓非的〈孤憤〉、〈五蠹〉之後，感嘆地說：「嗟呼！寡人得見此人與之遊，死不恨矣」；漢武帝讀到司馬相如〈子虛賦〉，大嘆自己不能與作者同時；李白有「生不用封萬戶侯，但願一識韓荊州」的感慨；蘇軾讀歐陽修所撰的范文正公墓誌，為他那「先天下之憂而憂，後天下之樂而樂」的精神深受感動，嘆道：「自讀石介慶曆聖德詩，中經十有五年，而不得一見其面，豈非命也。」

然而，今日傳媒無孔不入，作家需要安靜之地，沉澱之心，以成傳世之作，似乎越來越不可得。一九八五年五月獲耶路撒冷文學獎的米蘭．昆德拉，在頒獎典禮中曾如是宣告：「法國文豪福樓拜曾經說過，小說家的任務就是力求從作品後面消失。他不能當公眾人物。然而，在我們這個大眾傳播極為發達的時代，往往相反，作品消失在小說家的形象背後了。固然，今天無人能夠徹底避免曝光，福樓拜的警告仍不啻是適時的警告：如果一個小說家想成為公眾人物，受害的終歸是他的作品。」

看來，「看我的書就好，不要看我本人」，不但是保護讀者，而且更是保護作者與作品，一舉三得，好處多多。

不過，也有看到作者本人而喜出望外的。蕭伯納在上海見到魯迅，很高興：「他們說你是中國的高爾基，但是你比高爾基漂亮。」魯迅說：「我更老時，還會更漂亮。」

不僅讀者應該保護作者，對於作者而言，某種程度的自我保護，似乎是必要也必然的。有一次，一位英國女士來到中國，打電話給作家錢鍾書，想拜見他，錢鍾書在電話中說：「假如你吃了一個雞蛋覺得不錯，又何必要認識那下蛋的母雞呢？」

沈從文說得好：「我以爲我是讀書人，不應當被別人厭惡。可是我有什麼方法使不認識我的人也給我一份尊敬？」如果愛作者，就更該給作者一份尊敬、一些隱私。小說家卡夫卡（Franz Kafka，一八八三～一九二四）說：「作家有責任保護自己的作品。」從某一面向而論，讀者也有義務幫助自己喜歡的作者保護其作品。因爲，眞正的作者不是活在他書房裡，更不是活在他讀者心中。

是活在他的作品裡。

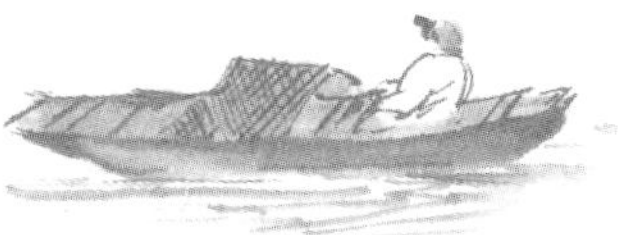

國家圖書館出版品預行編目資料

尋找一首詩／王竹語著.
—— 初版. ——臺中市 ：好讀, 2009.08
面： 公分，——（經典智慧；53）

ISBN 978-986-178-128-0（平裝）

831 98009843

好讀出版

經典智慧 53

尋找一首詩

作 者／王竹語
總 編 輯／鄧茵茵
文字編輯／林碧瑩
美術編輯／林姿秀
發 行 所／好讀出版有限公司
台中市407西屯區何厝里19鄰大有街13號
TEL:04-23157795 FAX:04-23144188
http://howdo.morningstar.com.tw
（如對本書編輯或內容有意見，請來電或上網告訴我們）
法律顧問／甘龍強律師
承製／知己圖書股份有限公司 TEL:04-23581803

總經銷／知己圖書股份有限公司
http://www.morningstar.com.tw
e-mail:service@morningstar.com.tw
郵政劃撥：15060393 知己圖書股份有限公司
台北公司：台北市106羅斯福路二段95號4樓之3
TEL:02-23672044 FAX:02-23635741
台中公司：台中市407工業區30路1號
TEL:04-23595820 FAX:04-23597123

初版／西元2009年8月15日
定價：230元
如有破損或裝訂錯誤，請寄回知己圖書更換

Published by How-Do Publishing Co., Ltd.
2009 Printed in Taiwan

ISBN 978-986-178-128-0

讀者回函

只要寄回本回函，就能不定時收到晨星出版集團最新電子報及相關優惠活動訊息，並有機會參加抽獎，獲得贈書。因此有電子信箱的讀者，千萬別吝於寫上你的信箱地址

書名：尋找一首詩

姓名：______________ 性別：□男 □女　生日：____年____月____日

教育程度：__________________________

職業：□學生 □教師 □一般職員 □企業主管

□家庭主婦 □自由業 □醫護 □軍警 □其他________________________

電子郵件信箱（e-mail）：________________________ 電話：________________

聯絡地址：□□□ ____

你怎麼發現這本書的？

□書店 □網路書店（哪一個？）____________________ □朋友推薦 □學校選書

□報章雜誌報導 □其他____

買這本書的原因是：____

□內容題材深得我心 □價格便宜 □封面與內頁設計很優 □其他______________

你對這本書還有其他意見嗎？請通通告訴我們：

____

你買過幾本好讀的書？（不包括現在這一本）

□沒買過 □1～5本 □6～10本 □11～20本 □太多了

你希望能如何得到更多好讀的出版訊息？

□常寄電子報 □網站常常更新 □常在報章雜誌上看到好讀新書消息

□我有更棒的想法____

最後請推薦五個閱讀同好的姓名與E-mail，讓他們也能收到好讀的近期書訊：

1. ____

2. ____

3. ____

4. ____

5. ____

我們確實接收到你對好讀的心意了，再次感謝你抽空填寫這份回函

請有空時上網或來信與我們交換意見，好讀出版有限公司編輯部同仁感謝你！

好讀的部落格：http://howdo.morningstar.com.tw/

請填妥後對折黏貼，直接投郵即可，無須貼郵票。

廣告回函
台灣中區郵政管理局
登記證第3877號
免貼郵票

好讀出版有限公司　編輯部收

407 台中市西屯區何厝里大有街13號
電話：04-23157795-6　傳眞：04-23144188

沿虛線對折